IL PROCESSO E L'ASSOLUZIONE DI "MAFARKA IL FUTURISTA"

FILIPPO TOMMASO MARINETTI

col discorso di F. TOMMASO MARINETTI

la perizia di LUIGI CAPUANA

e le arringhe

dell'on. SALVATORE BARZILAI, di INNOCENZO CAPPA e dell'Avv. CESARE SARFATTI

PRIMA GIORNATA

Il giorno 8 ottobre 1910 la grande aula della 3.a Sezione del Tribunale di Milano era gremita di una enorme folla, accorsavi pel processo di oltraggio al pudore intentato al poeta Marinetti pel suo romanzo Mafarka il futurista.

Erano presenti numerosissimi futuristi, venuti da ogni parte d'Italia, schiera di giovani gagliardi e risoluti, che affrontavano come sempre la battaglia con la loro spavalderia divenuta leggendaria. Notammo i pittori Boccioni, Russolo, Carrà, e i poeti Paolo Buzzi, Cavacchioli, Palazzeschi, Armando Mazza, ecc. Spiccavano inoltre, nel pubblico, moltissime signore della società elegante milanese e tutti i rappresentanti della critica italiana.

Difensori di Marinetti erano l'on. Barzilai, l'avv. Sarfatti, Innocenzo Cappa e l'avv. Brusorio.

All'inizio dell'udienza, il Pubblico Ministero domandò subito che il processo si svolgesse a porte chiuse, dovendosi dar lettura dei brani incriminati. Sorse allora l'avv. Brusorio, che con una brillante e sottile disquisizione giuridica dimostrò lucidamente come un simile provvedimento si dovesse ritenere assurdo. Incalzò l'avv. Sarfatti, sostenendo vittoriosamente questa tesi, e il Tribunale deliberò poco dopo che il dibattimento si svolgesse alla presenza del pubblico.

Cominciò poi l'interrogatorio di F. T. Marinetti, che con una sfolgorante, vivace e sincera eloquenza difese sè stesso e l'opera sua, prendendo a parlare così:

Ebbi la fortuna di ereditare da mio padre una discreta sostanza, ma non me ne sono mai servito in modo basso e banale. Mi sono valso, anzi, della mia posizione indipendente per attuare un mio vasto e audace progetto di rinnovamento intellettuale ed artistico in Italia: quello di proteggere, incoraggiare ed aiutare materialmente i giovani ingegni novatori e ribelli che quotidianamente vengono soffocati dall'indifferenza, dall'avarizia o dalla miopia degli editori.

Questi, naturalmente, tutto sacrificando ai morti illustri, agli opportunisti, o ai gloriosi moribondi, professano un profondo disprezzo per la gioventù, specialmente quando essa esplica la sua attività in modo temerario e innovatore.

Per purificare quest'atmosfera di vecchiume, dove imperano il culto maniaco dell'antico e il più pedantesco accademismo, un immondo opportunismo affaristico e una grande vigliaccheria morale e fisica, ho creato il vasto e coraggioso movimento futurista, iniziato a Parigi nelle colonne del Figaro e continuato nella mia rivista internazionale Poesia, che dirigo da cinque anni con enorme sacrificio di denaro e col lavoro accanito dei miei giorni e delle mie notti.

Così venni raggruppando intorno alla mia rivista futurista una schiera di poeti e di pittori giovanissimi, ma dotati di una ispirazione formidabile e di un disprezzo assoluto pei facili successi mercantili e le banali consacrazioni ufficiali. Ne conoscete già i nomi. Sono i poeti futuristi G. P. Lucini, Paolo Buzzi, Cavacchioli, Palazzeschi, Govoni, De Maria, Armando Mazza, Folgore, Libero Altomare, Mario Betuda, e i pittori futuristi Boccioni, Russolo, Carrà, Balla, Severini e molti altri. Ed ora è con noi anche il giovane e grande musicista Balilla Pratella, autore della Sina d' Vargoün.

Il nostro movimento è fatale. Noi siamo attesi dall'Italia morente... Ma disgraziatamente le mie parole sono rotte da un'eccessiva emozione... E mi ripeto sovente!... Tanto meglio!... Non mi stancherò... Opportunismo affaristico, disprezzo della gioventù, vigliaccheria morale e fisica: ecco ciò che combattiamo!... Ecco, ciò che combatte in Italia il pornografo da voi incriminato! (Applausi),

Tengo inoltre a dichiarare che io non sono un dilettante di letteratura il quale consideri i suoi versi come dei fiori all'occhiello, nè uno spirito bizzarro che abbia scelto per capriccio snobistico una lingua straniera come la francese, per sedurre le belle dame e distrarre i suoi ozi eleganti.

Vi darò in proposito, alcune spiegazioni:

Nacqui in Alessandria d'Egitto di padre piemontese e di madre milanese. La mancanza, in quella città, di un insegnamento classico italiano fece sì che io dovetti entrare in un collegio francese, dove fui preparato al diploma di bachelier ès lettres, da me conquistato, in seguito, alla Sorbonne di Parigi. Con questo diploma entrai poi nell'università di Pavia ed in quella di Genova, dove mi addottorai in legge.

Diventato così, per un concorso di circostanze involontarie, scrittore francese, pure essendo di anima e di nazionalità italiana, divido la mia attività letteraria tra Parigi e Milano, dove ho i miei editori francesi ed italiani.

A Parigi, nelle Edizioni della Plume, apparve precisamente il mio primo poema epico: La Conquête des Etoiles, enorme visione oceanica in cui si svolge una lotta fantastica fra le onde in tempesta e le irraggiungibili stelle.

Questo poema, di un simbolismo idealistico trascendentale, non ha assolutamente nessun dettaglio erotico o sentimentale. La donna, dirò anzi, ne è assolutamente esclusa, come è pure esclusa dalla mia tragedia satirica Le Roi Bombance, apparsa a Parigi nelle edizioni del «Mercure de France», rappresentata con grandissimo clamore al Théâtre de l'Oeuvre e recentemente pubblicata in italiano dagli editori Fratelli Treves, col titolo di Re Baldoria.

Aggiungerò in proposito che il pubblico parigino ebbe un grido di stupore, all'alzarsi del sipario, nell'assistere all'esodo immediato di tutte le donne del paese fantastico da me ideato, le quali, indignate contro la bassa e volgare sensualità degli uomini, li abbandonano ai loro destini con una vivace protesta ultra-idealistica.

Dopo parecchi altri volumi di versi e di prosa, pubblicai un anno fa, a Parigi, il romanzo Mafarka le futuriste, opera che amo più di tutte le altre mie e nella quale sono riuscito ad esprimere il mio gran sogno futurista.

Vi ho descritto l'ascensione impressionante di un eroe africano, fatto di temerità e di scaltrezza, che, dopo aver manifestata la più irruente volontà di vivere e di dominare in battaglie ed in avventure molteplici, sbaragliando gli eserciti dei negri e conquistando lo scettro della sua città liberata, non sazio ancora di aver foggiato il mondo a suo piacimento, si innalza subitamente dall'eroismo guerresco a quello filosofico ed artistico. Egli vuol creare e crea, in una lotta sovrumana contro la materia e le leggi meccaniche, il suo figlio ideale, capolavoro di vitalità, eroe alato a cui trasfonde la vita in un bacio supremo, senza il concorso della donna, che assiste al tragico parto sovrumano.

Io volli, con questo romanzo, dare all'uomo una speranza illimitata nel suo perfezionamento spirituale e fisico, svincolandolo dalle ventose della lussuria e assicurandogli la sua prossima liberazione dal sonno, dalla stanchezza e dalla morte.

Volli descrivere l'elevazione gloriosa della vita, che fu vegetale, animale e umana e che si manifesterà presto in un prodigioso essere alato ed immortale. Volli sconfinare il divenire dell'uomo in una moltiplicazione infinita di forze e di splendore.

Questo grande poema, a volta a volta epico, lirico e drammatico, parte da un primo capitolo costruito coll'equilibrio e la precisione di particolari che il romanzo esige.

È questo primo capitolo il capitolo incriminato.

Nello scriverlo, io naturalmente obbedii ai principî dell'alta letteratura, i quali si riassumono nell'esprimere il proprio sogno con la massima efficacia, considerando le immagini non già come fronzoli o gemme decorative, ma come elementi essenziali dell'espressione, istrumenti incoscienti per fissare l'inafferrabile verità e per precisare l'indefinito e l'indefinibile.

Scrissi dunque Lo stupro delle negre perchè da una gran fornace torrida di lussuria e di abbrutimento potesse balzar fuori la grande volontà eroica di Mafarka.

La descrizione cruda e i particolari osceni, le parole che possono suscitare disgusto sono di una necessità assoluta nel mio poema.

Ho potuto, così, produrre secondo una legge di contrasto e direi quasi «di trampolini», il balzo dello spirito umano, che, svincolato dalla tirannide dell'amore e dall'ossessione della donna, si stacca finalmente dalla terra e schiude le grandi ali che dormono nella carne dell'uomo. (*Applausi fragorosi*).

Mi si dirà, con una soverchia miopia critica, che avrei potuto trascurare questo o quel particolare, usando palliativi, velature, maschere e sottintesi a base di puntini…

Mi permetterete di dichiararvi che uno scrittore non può avere altro metodo che la più assoluta sincerità, poichè l'angoscia della creazione non ha nulla a che fare con la civetteria e i falsi pudori di una fredda cortigiana.

Vi farò notare inoltre che per quanto vi è di mostruoso nella leggenda narrata da Mafarka sotto la tenda, nel secondo capitolo, bisogna considerare anzitutto che l'Africa può essere sintetizzata con tre parole: calore, sudiciume e lussuria. Non parlo dell'Africa di Pierre Loti, stilizzata e profumata appositamente pei grandi salotti accademici di Parigi.

Voi sapete, d'altronde, che il membro virile, mostruosamente sviluppato e incessantemente operoso, costituisce il motivo centrale e ossessionante della letteratura e della vita africana. (*Ilarità vivissima*).

Citerò ad esempio una delle commedie recitate nei teatri arabi e turchi: la commedia del Saggio e dell'Almea, nella quale un vecchio, chino sui papiri, si commuove all'apparire di una donna velata che si denuda gradatamente, mentre egli inalbera a poco a poco un mostruoso membro virile di cartone, che suscita la più viva allegria ed il massimo compiacimento negli spettatori. Uno spettacolo consimile appare sulla scena nella famosa commedia turca: Il Trionfo dell'Amicizia, o Caraguez.

Concluderò facendo osservare che un pornografo avrebbe scelto un soggetto ben diverso, voglio dire un soggetto europeo, anzi cittadino, e avrebbe scritto per esempio un romanzo sui bassifondi milanesi, invece di un poema africano, acceso di una sbrigliata fantasia, concepito e scritto per pochi intenditori e assolutamente precluso alla maggioranza delle intelligenze, che disgraziatamente non hanno alcuna dimestichezza con la poesia.

Una grande ovazione a stento repressa dal presidente chiuse il discorso del poeta Marinetti. Ebbe poi la parola l'illustre romanziere Luigi Capuana, professore all'Università di Catania, venuto appositamente dalla Sicilia quale perito di difesa del fondatore del futurismo. Egli lesse in un silenzio di religiosa attenzione una sua lunga, profonda ed esauriente perizia, che resterà documento prezioso nella nostra letteratura.

Nelle questioni intorno alla difesa morale contro l'opera d'arte, si sa donde si comincia e non si sa mai dove si andrà a finire.

Si comincia dalle pubblicazioni di quei poco coscienziosi editori, speculanti su la malsana curiosità della più bassa sfera della gente che legge; ed è bene d'impedire che quella malsana curiosità sia alimentata e aumentata da libri e libercoli i quali non hanno mai avuto niente che vedere con l'arte. Si può giungere poi agli scrupoli di non ricordo quale scrittore francese, di cui, anni fa, lessi nella cattolica rivista Polibiblion, che aveva creduto opportuno di pubblicare una traduzione... espurgata... dei Promessi Sposi! (*Applausi*).

Costui aveva voluto mostrarsi più manzoniano dello stesso Manzoni. La glaciale figura di Lucia e la mirabile analisi del cuore della monaca di Monza (già così attenuata—com'è noto—dal grande romanziere milanese per la sua strana convinzione che nel mondo si fa troppo amore e troppo se ne parla, da non essere conveniente di ragionarne anche nei libri) avevano spinto quel traduttore a castrare un romanzo che è il colmo della purità, tanto da non esser mai passato pel capo a nessuno dei nostri più rigidi Procuratori del Re di procedere a sequestri e d'incriminarne i mille editori.

Quei poveri diavoli che tentano di far quattrini stampando e spacciando la loro sudicia merce, forse si credono autorizzati a far questo dall'esempio del Governo che permette e copre con la sua protezione legale certe istituzioni dove non si danno certamente lezioni di morale, e, quel che è peggio, s'insidia l'igiene pubblica. Ma il Governo ha paternamente pensato di istituire una legione di sanitarî incaricati di garantire, per quanto si può, la salute dei frequentatori delle case da the, come le chiamano nel Giappone, e la igiene pubblica si sente pienamente tranquilla. Gli spacciatori di libri pornografici non hanno fatto nulla di simile, ed è giusto perciò che, di tanto in tanto, intervengano uno zelante Procuratore del Re o un generoso Presidente dei ministri a levar la voce contro lo scandalo dilagante e a porvi rimedio.

Confesso, con mio rossore, che non ho letto la famosa circolare di S. E. Luzzatti; ma veggo dagli effetti, che essa rispetta l'arte classica e che i magistrati esecutori mostrano quasi tutti di averne un uguale lodevolissimo rispetto.

Non ho sentito, per esempio, che la stupenda recente traduzione delle commedie di Aristofane, regalata all'Italia dal mio carissimo amico Ettore Romagnoli, sia stata colpita, finora, da nessun fulmine penale: e bastava una sola scena della Lisistrata (se mai uno scrittore moderno si fosse indotto imprudentemente a scriverla) per richiamare su di lui l'indignazione di tutti i nostri Procuratori del Re. S. E. Luzzatti e i magistrati incaricati di far rispettare le prescrizioni del Codice hanno immensa ammirazione e, senza dubbio, quella dell'innumerevole schiera degli studiosi, per questo omaggio di venerazione classica. Si capisce che la stimano compiutamente, come oggi si dice, sterilizzata dalla azione del tempo e resa inoffensiva anche quando, nel concetto e nella parola, si mostra assai più libertina di qualunque produzione moderna.

Probabilmente S. E. Luzzatti e i Procuratori del Re hanno anche riflettuto che nel caso contrario, bisognerebbe proscrivere, per lo meno, tre quarti della letteratura universale: impresa non molto facile, oltrechè estremamente ridicola.

Aristofane, Luciano, Catullo, Giovenale, Petronio, il Boccaccio, il Bandello, Rabelais—cito pochi nomi che mi vengono primi alla memoria—sono dunque, per fortuna, liberissimi di andar per le mani della gente e deliziarla senza paura di sentirsi accusati di solleticarne le viziose inclinazioni e di indurla a peccare.

Perchè non si vuole usare lo stesso trattamento per l'opera d'arte moderna? Si noti bene che dico: opera d'arte. Per quanto vi abbia pensato su, non sono riuscito a spiegarmi questa mostruosa differenza.

Così oggi non so nascondere lo stupore di vedermi chiamato a manifestare il mio parere intorno alla moralità di un lavoro di alta poesia, non destinato, appunto per la sua elevata concezione, per la sua impetuosa ed esuberante ricchezza di immagini e di vocaboli, a quella maggioranza di lettori che chiedono al libro, più che altro, uno svago, una diversione alle molteplici noie della vita o al loro invidiabile sfaccendamento.

Avrei amato meglio di sapere che l'incriminante Procuratore del Re si fosse ricordato di S. Girolamo—il richiamo non può offenderlo—che mentre era occupato a tradurre la Bibbia, teneva sotto il capezzale le commedie di Aristofane, niente scandalizzato dalle grasse arditezze del grande ateniese: e non intendo adulare bassamente il Marinetti, ricordando Aristofane a proposito del suo Mafarka il futurista. Voglio far osservare semplicemente che l'Italia ha, in questo momento, un Procuratore del Re più intransigente del Santo traduttore della Bibbia.

Mi si potrebbe rispondere che, forse, quando S. Girolamo si beava della notturna lettura delle commedie di Aristofane, era occupato a tradurre quei capitoli del Libro dei Re dove si racconta—con particolari da dar dei punti agli odiati veristi futuristi—la brutale storia di quel principe (figlio del David, se non sbaglio), che, innamoratosi perdutamente della propria sorella Tamar si finge malato per averla come infermiera e con questo stratagemma riesce a farle violenza, e a soddisfare la incestuosa voglia; o, forse, il santo era intento a tradurre l'idilliaco libro di Ruth, dove questa si concede, con un poco lodevole inganno, al suo vecchio parente Booz e lo costringe a sposarla. Mi si potrebbe rispondere che in quell'occasione S. Girolamo era suggestionato dalle vivacissime pagine bibliche, e perciò indifeso contro le seduzioni del poeta greco pagano.

Senonchè, v'è da opporre che il paziente traduttore probabilmente pensava che se lo Spirito Santo, inspiratore, secondo la Chiesa, dei libri sacri, non credeva sconveniente diffondersi in quegli audaci particolari, tanto più ciò poteva essere permesso ad un poeta pagano che voleva fare soltanto opera di poesia, e non collaborare ad una raccolta destinata ad essere il testo sacro della religione ebraica e del futuro cristianesimo.

Ora nel romanzo futurista del Marinetti, non si descrivono, coi più smaglianti colori, un incesto nè la interessata seduzione di un povero vecchio.

Il Marinetti è semplicemente un artista, e non si crede sotto la influenza dettatrice dello Spirito Santo. Suo Spirito Santo è il pensiero, è il sentimento di elevazione umana verso un nobilissimo, e forse irraggiungibile ideale: e questo pensiero, questo sentimento, egli artista, non può ragionarli, discuterli per via di sillogismi, di deduzioni filosofiche e scientifiche, ma esprimerli con la rappresentazione, con la creazione immaginativa, che ha le sue leggi fisse, di proporzioni, di armonie, di colorito, alle quali nessun artista che voglia esser tale può sottrarsi.

E il giorno che gli si presenta alla mente la fosca visione di quel mondo barbarico che poteva rendere artisticamente il contrasto fra la brutalità degli istinti e la spiritualità dell'aspirazione verso una regione più umana, anzi divina, non ha esitato di cedere alle imposizioni del soggetto, nè ha tentato di sottrarsi a nessuna delle esigenze che potevano rendere più evidente il concetto del suo poema, cioè: il disprezzo della parte moralmente animale degli istinti, e l'entusiasmo per la liberazione della parte più nobile dell'uomo che le carnali passioni diminuiscono, quando non giungono ad annullare.

Mafarka non è altro. È precisamente il poema, non il romanzo, della conquista del pieno possesso della libertà spirituale dell'individuo; poema, che è quanto dire (non bisogna dimenticarlo) rappresentazione fantastica che deve colpire l'immaginazione, rendere evidente, solido, reale il mondo destinato ad adombrare il concetto. L'artista è più logico della natura: non divaga, non si lascia trascinare, com'essa, dagli accidenti che spesso ne intralciano l'opera. Nel mondo dell'Arte, il caso cieco e importuno non esiste: ripeto cose vecchissime, ma non fuori di luogo. L'artista, infine, è nello stesso tempo egualmente pregiudicato quanto la Natura: non deve avere esitanze, pentimenti, ed essere onnipotente al pari di lei.

In Mafarka la forza di creazione è veramente straordinaria. Quel mondo—uomini e paesaggio—gigantescamente barbarico vi si afferma come realtà, si spiega senza reticenze, senza quegli sciocchi pudori che diventano, se si guarda bene, ipocrite e vigliacche spudoratezze. (*Applausi fragorosi*).

Per questo mi sembra, che stia bene al suo posto l'episodio fondamentale dello Stupro delle negre che ha eccitato soprattutto la magistrativa coscienza del Procuratore del Re, impedendogli di vedere che l'artista aveva bisogno della base di quel sostrato schifoso per mostrare la sua violenta indignazione contro la bassezza degli istinti. Si è scandolezzato della necessaria brutalità della rappresentazione, della crudezza del vocabolo preciso; ha attribuito una deplorevole compiacenza di vizio alla prodigiosa evidenza di quell'orgia nefanda e non ha più badato al resto: non ha pensato che lo spirito dell'autore parla, proprio colà, per bocca di Mafarka el Bar, quando lo fa irrompere in mezzo a tutta quella putredine umana, con la scimitarra—cito le stesse parole del Poeta—folgoreggiante e ricurva sul suo capo come un'aureola.

—Cani rognosi! rozze pustolose! Cuori di lepri! Orecchie di conigli! Razza di scorpioni! Non avete altro che un'ulcera fetente al posto del cervello, sotto le vostre fronti schiacciate…. ecc.

E interrompo la citazione, per non abusare della pazienza del Tribunale. L'intimo concetto del poema del Marinetti è condensato interamente là. Si vede che i sensi del Procuratore del Re dovettero essere più eccitati dalla potenza artistica della rappresentazione di quell'orgia, se gli impedirono di comprendere la profonda ragione, anzi la necessità artistica di essa, e fargli supporre una vilissima speculazione libraria in quelle pagine che formano parte integrale dell'organismo del poema, e non si possono scindere, senza distruggere la vita della vigorosissima opera d'arte, di cui Marinetti è certamente orgoglioso, come di un'opera grande, di altissima moralità.

Questo, con piena, libera e serena coscienza, è il mio parere intorno al poema Mafarka il futurista.

Luigi Capuana.

Scoppia nella sala un lungo, clamorosissimo applauso. Tutti gli avvocati e tutti i giornalisti presenti accorrono a stringere la mano all'illustre romanziere e a felicitarlo.

La prima giornata del processo si chiuse con la requisitoria del P. M. che mal riuscì a sostenere l'assurda imputazione fatta a Marinetti. Non la riproduciamo qui, poichè il pudibondo P. M. domandò e ottenne per sè stesso il provvedimento delle porte chiuse.

Nella seconda giornata, il pubblico, ancora più folto che il primo giorno, era composto di letterati, di giornalisti e di artisti, di signore e di studenti. L'intellettualità milanese vi era largamente rappresentata. Innocenzo Cappa fu il primo oratore, e tenne un'arringa smagliante, affascinante, meravigliosa nella forma e nelle argomentazioni eleganti e sottili. Possiamo aggiungere che il grande oratore repubblicano non fu mai tanto eloquente come in questa sua veemente difesa di Marinetti e del futurismo.

L'arringa di Innocenzo Cappa

Io sono un avvocato più teorico che pratico; assumo le difese più per gusto intellettuale e sentimentale che con la speranza di lucro; ho un'assoluta tranquilla ignoranza di quasi tutte le cose che si riferiscono al giure; mi trovo dunque in questa causa all'atto sì di un cliente, ma all'atto soprattutto di un amico, come uomo che ha un piacere morboso, qualche volta una passione delle lettere, vicino a un altr'uomo il quale mi ha dichiarato di essere un ammalato di letteratura. Il mio discorso sarà dunque disordinato, poco conclusivo: discorso di sensibilità, discorso di solidarietà estetica, ma credo che ce ne sia bisogno, soprattutto perchè, sia detto con ogni rispetto, il rappresentante dell'accusa pubblica, sabato, non ha dato prova di quelle virtù di serenità e di bontà che egli ha lodato spontaneamente in sè stesso. Egli ha rivelato una strana antipatia per colui che è un prevenuto; egli che deve essere un uomo mite, uno spirito indulgente e generoso, era evidentemente attraversato da una passione di dissomiglianza estetica. Non so se l'offendo, ma mi pare di capire che se l'amico Marinetti è il capo ardente, appassionato, convulsivo quasi, del Futurismo, il sig. avv. Valenzano è un passatista della più bell'acqua. Egli ha un'antipatia formidabile per il piacere dello stile singolare; egli ha un disgusto che lo ferma quasi quasi in un dissidio morale davanti a un'immagine insolita, davanti ad un aggettivo eccessivo, davanti a un periodo composto di nuovi elementi.

Noi ci troviamo di fronte non a uno dei soliti o prevenuti o imputati, ma a un gentiluomo—perchè Marinetti è sì futurista, è sì letterato, è sì uomo di discussioni pubbliche accese, è l'inventore se vogliamo di un genere di comizi di battaglia che possono avergli suscitato contro le antipatie dell'infinita bestialità collettiva che regna e governa il dolce nostro paese, ma è anche e soprattutto un gentiluomo.—Abbiamo udito qui la parola di tale uomo che non si sarebbe mosso con una preoccupazione soltanto letteraria se la solidarietà non potesse essere anche morale: Luigi Capuana. Egli è abbastanza innanzi con l'età, è abbastanza alto nella nominanza, è abbastanza sicuro della sua coscienza e della sua vita per non aver bisogno che io attesti di lui in questo momento. Ma certo quando Luigi Capuana che non è uno dei soliti professionisti della parola o un medico legale disposto a sostenere la delinquenza congenita sì e no a seconda che sia pagato da una o dall'altra parte, ma che è insegnante in un ateneo, amico della gioventù, spirito austero; quando Luigi Capuana viene e pone la sua mano nella mano incriminata dello scrittore di Mafarka, allora mi domando come sia possibile, equo, elegante, che il rappresentante dell'accusa pubblica cominci, continui e termini in tono aspro e ostile che mostra essere la sua anima turbata, non essere il suo spirito sereno.

Ecco dunque la mia solidarietà per la sua antipatia e la mia solidarietà forse sarà più utile che non l'antipatia del rappresentante del Pubblico Ministero, perchè io non so se saprò leggere quest'oggi—di solito non si riesce a far quel che si vuole quando si è molto innamorati della propria impresa—ma di solito io capisco di più i volumi di letteratura che non mostri di capirli il rappresentante del Pubblico Ministero, e di solito io leggo meglio la prosa italiana che non abbia mostrato di saperla leggere, quando è prosa italiana futurista, l'accusatore.

Egli ci ha detto: «Mafarka il futurista, romanzo. Signori del Tribunale, state in guardia. Io sono un pover'uomo, ma io voglio leggervelo e riassumervelo. Mafarka è un re africano, re di non so quale paese perchè il nome io non lo saprei pronunciare, ma sta il fatto ad ogni modo che egli è nipote di uno zio il cui nome non mi sovviene ma è senza dubbio nipote di uno zio che c'è, perchè non si può essere nipote senza avere uno zio. Questo nipote di uno zio ha vinto una battaglia e ha detronizzato il proprio parente. Siamo nell'ora della vittoria. Si portano i prigionieri, le vettovaglie, il bottino e poi avviene uno stupro di negre. Signori del Tribunale, pagina tale… Io ho fatto chiudere le porte per potervi leggere con un'antipatia piena di compiacenza, con una compiacenza piena di antipatia, queste pagine, queste righe orribili, che mi danno un po' del piacere che forse ai ragazzi danno le righe orribili del vocabolario, quando sono fra le loro mani per la prima volta, in cui si definiscono i genitali del maschio e della femmina: righe orribili che non si capisce perchè siano stampate in libri che vanno per le scuole, in cui si definisce quella parte deliziosa che non voglio nominare e la seconda parte che non posso nominare, e la terza parte che è deliziosa in Germania ma che non voglio nominare e che riesce deliziosa anche in Italia».

Detto ciò, il rappresentante del P. M. vi ha guardati, signori del Tribunale, e ha detto: «Era necessario? Ecco la mia domanda, ecco tutta l'imputazione: ecco che mi frappongo fra Marinetti letterato, io che non sono letterato e la sua letteratura, io che non capisco e che non amo la sua opera letteraria. Era necessario? Vi ho detto in quattro parole che cosa è un capitolo di parecchie pagine, di queste parecchie pagine vi ho lette alcune righe, e poi vi ho chiamati a giudici». Signori del Tribunale, io non so, voi potete farlo, tutto si può fare, anche il miracolo, si può anche intuire ciò che non si legge; ma quando si vuol accusare con rettitudine, con serenità d'animo, con profonda sincerità umana, allora si danno tutti gli elementi dell'accusa, e allora si legge completamente il capitolo e si pongono in rapporto le parole incriminate e allora si domanda: È necessario?

Senza di ciò non è più l'accusa, ma è la pugnalata nella schiena. Io mi posso salvare dal ladro, ma non dal Procuratore del Re, se mi ruba la mia fama! (*Applausi*).

«Capitolo secondo. Lo stratagemma vizioso è questo, signori del Tribunale: Mafarka va, e va sotto la tenda del re nemico (il nome non me lo ricordo). Egli che si è vestito da mendicante racconta una storia.—Il signor Marinetti sa molte storie.—La storia si riferisce a un cavallo venduto al demonio: quel cavallo aveva una parte virile, questa parte virile era smisurata: questo cavallo era feroce: il demonio lo ha montato, poi è caduto, si è rotto un braccio. E allora il demonio si è voluto vendicare, ha preso questo membro, lo ha cucinato, l'ha dato in pasto a Mafarka. Mafarka ha sentito il furore della libidine, ha conquistato tutte le domestiche (qui il P. M. ci ha fatto una confidenza: ci ha detto che le domestiche non sono così facili; non so se sia specialista) e poi si è addormentato e voi sapete il resto».

Ma bene: ma e la poesia di quella parte del volume, e il colore, e il cielo, e la sabbia ardente, e le tende, e gli scudi, e i tatuaggi, e la ferocia, e la semplicità, e l'ignoranza, e il feticismo, e la rabbia, e la grazia, e l'eroismo, e tutto ciò che può contenere di carne, di sangue, di immagini, di entusiasmo, di febbre, di delirio, di estetica il grande capitolo di un grande romanzo, ce l'ha detto? No. E continua: «Era necessario? Era necessario?»

Terzo capitolo; quarto capitolo. Le belle offerte al vincitore, le mani, le ànche, il ventre piatto… Era necessario? I seni, persino i seni—questi si possono nominare senza nessuna offesa al pudore—i seni, i capezzoli, signori del Tribunale, queste punte rosse deliziose… So anch'io qualche storiella; so di un volume di Catullo Mendès che non è mai stato sequestrato, in cui si narra d'un duello di donne. Queste sono gelose perchè amano lo stesso uomo e l'una si slancia contro l'altra che è la più timida e con la spada le straccia la veste, e vede il sangue, e allora si precipita, presa da una grande pietà e bacia quel sangue. Ma non è sangue: è un capezzolo, signor rappresentante del pubblico Ministero. E allora il bacio si prolunga e allora le due donne si perdonano e una dice all'altra: «Se noi ci sapevamo! Ma licenziamo l'amico. C'è bisogno di uomini dove le donne sono belle?».

Signori del Tribunale, questo non è stato sequestrato, questo non offende il pudore, neppure quello del Procurator generale del Re. Ebbene: Marinetti ha detto i seni! «Era necessario? Era necessario?» Poi il P. M. ha proseguito. A un certo punto ci ha concesso il contrario delle guance: ci ha concesso le natiche, poi le ha ritirate... In ogni modo c'è stata un'alternativa, un dubbio, e poi è arrivata la nascita di Gazurmah, e ha tentato di descrivere... «Sapete: è un aeroplano! No, deve essere un monoplano, forse un biplano, ma c'è una gabbia: non si capisce bene... Certo ci sono delle ali». Per disgrazia, o Signori del Tribunale, vedete l'inconseguenza di questo prevenuto disgraziatissimo, questo Gazurmah, il quale è generato, voi lo sapete, dall'eroe Mafarka senza l'intervento piacevole della signora donna, il quale nasce da un re eroe senza il mistero eterno, immutabile dell'amore, questo Gazurmah ha ancora quelle tali famose parti che sembrerebbero non più necessarie alla generazione dell'eroe. «Perchè?»

Ma perchè, per Bacco, o signor rappresentante del P. M., ma perchè voi che avete saltato tutto ciò che poteva dar senso a quest'opera, perchè vi siete dimenticato di un'altra antitesi che alla vostra intelligenza non può essere sfuggita, in quel capitolo in cui si parla—e voi lo avete accennato troppo rapidamente—del viaggio dell'eroe Mafarka agli Ipogei, dove va a trovare la madre e le parla, e le dice: «Ti porto il cadavere di mio fratello Magamal, che è morto di idrofobia per aver combattuto eroicamente: io non l'ho ucciso, madre; non domandare perchè non ho potuto salvarlo, io non sono che io, io sono il fratello che l'amavo e non ho combattuto per la mia ambizione, madre, ho combattuto anche per lui. Un regno, gli volevo dare, e la più bella fanciulla del regno! L'ho difeso sempre, ma egli è morto! Madre, perdonami perchè io soffro, perchè io genererò chi ti compensi di questo strazio.» E allora, signor rappresentante del P. M., giacchè facciamo i miopi, giacchè ci mettiamo gli occhiali della diffidenza e dell'odio, fermiamoci. Ma non c'è antitesi anche qui? E allora, se si vuol distruggere la donna, come, nel momento supremo di questa generazione senza intervento femminile, come ricordarsi della madre e perchè far omaggio alla madre? Ma non è invece da questa antitesi straziante, da questa dialettica eterna che nasce la grande bellezza? Ma l'eroe non è eroe appunto perchè afferma e nega sè stesso: ma non è lo strazio, l'inquietudine, la febbre, il delirio, l'estasi che afferma ciò che è l'eroe? Gli uomini conseguenti, gli uomini precisi, assoluti, sono impiegati di banca, droghieri sentimentali; ma non diventeranno mai dei condottieri di popolo o dei grandi letterati. Allora io sono costretto, non è vero, e domando scusa al Tribunale illustrissimo, sono costretto a far ciò che il P. M. non ha voluto fare. (*Applausi*).

Ma siamo in questa situazione. È facile avvelenare il giudizio degli uomini, non è facile dare l'antidoto; è facile, Signori del Tribunale, sceverare pagina da pagina e dare di un volume un'impressione che possa anche sembrare di disgusto: non è facile in altrettanto pochi minuti ricostruire il volume. Se io volessi fare il malvagio, vi direi: che cosa sono i Promessi Sposi?

Primo Capitolo: c'è un prete vigliacco il quale è un porco idiota e pauroso, che cammina con il suo breviario ed è fermato da due bravacci che gli proibiscono di unire in matrimonio la signorina Lucia con il contadino Renzo. Il prete dice di sì! Signori del Tribunale, era necessaria questa constatazione della vigliaccheria del prete, questa esaltazione della prepotenza dei bravacci? Ma c'è di peggio, Signori del Tribunale. Il povero amante Renzo va per le sue nozze con Lucia ed è respinto col latino, il latino dolce, santo, il bel latino della nostra fede infantile, quello che ha accompagnata la grandezza cattolica del popolo italiano: eccolo, questo latino, maculato sul labbro di un vile parroco. Era necessario in uno scrittore cattolico questa profanazione del latino, della santità religiosa? Ma c'è di peggio. Si continua: Renzo si ribella, si ribella e cerca per frode di avere in moglie la sua donna. E c'è persino il consiglio di un frate: fra Cristoforo. Era necessaria, Signori del Tribunale, questa complicità di un frate, di un contadino, di una madre, per la frode al prete? Ma bisognava invece andare a Milano, parlare col vescovo, col cardinale: questo era l'insegnamento di un sant'uomo. Fama usurpata anche quella del cattolico Manzoni! Ma c'è di peggio, Signori del Tribunale. La monaca di Monza, una triste donna, signora del peccato, amante di Egidio, l'assassina della conversa, colei che porta la sua sensualità tormentosa là dove dovrebbe essere precetto la macerazione dello spirito e della carne, l'elevazione nella grande speranza dell'al di là. Ed era necessario che questo martirio dei sensi ci fosse definito in venti, in trenta ed in quaranta pagine, sospendendo l'azione ed allontanando il romanzo dalla sua economia generale, creando quello strano senso di stanchezza di cui vi ha parlato del resto un grande poeta e critico: Vincenzo Monti. Quello sì che era uno spirito acuto, il quale, appena usciti i Promessi Sposi, disse: Non avrà fortuna questo libro, perchè troppo dotto per gli umili e troppo umile per i dotti; è di moralità ipocrita, e perciò non potrà vivere.

Vincenzo Monti, grande poeta, l'avv. Valenzano, futuro grande procuratore del Re, fanno egualmente.

Invece è difficile prendere l'opera di Marinetti e da pover'uomo come sono io cercare di ricostruirla. Come farò? Io ho segnato molte pagine; prendiamone qualcuna a caso: 107. La città del Re Mafarka è assalita ancora dagli eserciti nemici. Ma in qual modo? Hanno mandato innanzi non gli uomini, ma i cani arsi dalla siccità, idrofobi, che hanno la paralisi negli occhi e che corrono all'assalto con la bava alla bocca. Leggiamo (pag. 107-108).

—«Sì è vero…—dice Mafarka—Le sentinelle non si sono ingannate!…», ecc.

O Signori del Tribunale, siamo in piena epopea, anche se non piace al

Procuratore del Re.

(*Continua a leggere*).

Io temo di annoiare, se qui ci sia qualcuno dei fischiatori nei comizî dei colleghi futuristi, o qualche mio collega di giornale. Io non sono futurista, nè figlio di futurista, nè solidale in pieno coi futuristi, ma io sento una grande bellezza in tutte le ribellioni, in tutte le audacie, in tutte le novità impensate; sento una grande bellezza nella ricchezza che si dà alla letteratura, non al piacere; sento una grande bellezza in questo giovane signore che esce dai salotti dei commendatori, delle belle dame, che affronta le piazze, che va nei teatri, che si batte, che urla e piange e ride; sento una grande bellezza, in tutto ciò, ed è una grande tristezza che nel regno d'Italia con tanti milioni di analfabeti e di delinquenti, il delinquente che si vuol condannare, si chiami Marinetti! (Bene! Applausi fragorosi).

Ora, quante altre cose e tutte belle, tutte strane, tutte diverse, tutte insolite, multiformi, deliranti!... Ma io l'avrei capita un'elegante ferocia del Pubblico Ministero: me l'aspettavo anzi, perchè mi hanno detto ed è certo che è un uomo di ingegno e di cuore. Mi aspettavo, Signori del Tribunale, l'art. 46: pazzia, pazzia letteraria: ma non mi aspettavo, Signori del Tribunale, l'articolo solito: oltraggio al pudore, offerta in vendita.

Chissà che cosa ha offerto in vendita il nostro buon amico Marinetti. Egli non è autore di Mafarka il futurista romanzo, ma è autore di Mafarka le futuriste, romanzo africano, scritto a Parigi, pubblicato a Parigi; libro che fu pensato in un'atmosfera di libertà diversa dalla nostra, non perchè repubblicana, poichè non voglio fare il portoghese, ma diversa dalla nostra perchè secolare, perchè nutrita, perchè sincera; una bella grande civiltà e una bella grande libertà. Egli l'ha pensato a Milano e l'ha scritto a Parigi, e lo ha stampato a Parigi, nella bellissima e sonante lingua francese. Questa è la traduzione del sig. Decio Cinti. Guardate: siamo così fuori del normale che non abbiamo neppure imputato il traduttore; non si è visto se egli ha alterato il testo. Avete fatto il confronto? C'è una mutazione fin nella prima pagina: nel testo originale è scritto: «Romanzo Africano», nella traduzione italiana è scritto solamente: Mafarka il Futurista, Romanzo. Cosa è questo avvenimento? Eh! io lo so che cosa è... Quando sorse l'accusa contro Marinetti egli era reduce dai suoi comizî. Al Lirico l'avevano fischiato, come non sono stato fischiato io neppure dai cugini socialisti. Egli era buttato fuori.

La sera dopo va a sentire la lettura di un bel poema, fatta da un uomo biondo, grasso, lento, con voce pastosa, piena di erre e di vocali, e sente un po' di stanchezza, e grida, e lo mandano via un'altra volta. Egli dice: «Io vi piglio a schiaffi tutti!» E il pubblico ride. Gli schiaffi collettivi non offendono l'onore.... E uno solo gli parla, a questo solo per combinazione è sovversivo, e Marinetti dice: «Ebbene, io voglio rendere lo schiaffo, da collettivo, individuale.» E gli dà lo schiaffo, e allora l'altro se ne va perchè ha capito che Marinetti faceva proprio sul serio. (*Applausi*).

Egli va a Trieste: a Trieste ha coperto di fiori non una prostituta, non una dama, ma la madre di Oberdan!... Ed è ritornato con una grande nostalgia dei sentimenti vecchi e passati, questo futurista che non sa forse cosa sia il futurismo; è tornato con l'amore della patria, col desiderio della razza, con la nostalgia delle vittorie italiane. Ha sentito la bellezza del mare veneto, ha ripetuto parole che non sono più dette che dal mio povero e grande amico Barzilai e da qualche mio amico che non sarà mai deputato; egli ha detto un sentimento di riconoscenza che doveva essere un sentimento di gloria, ma ha irritato borghesi, prostitute, donnicciuole, impotenti della vita, povere donne, vecchi cisposi, presidenti delle leghe di moralità, tutta questa gente viscida, bavosa come i cani intorno alla città africana, tutta questa gente che non combatte, che non osa, gente della sesta giornata quando sono cinque, dell'undicesima quando sono dieci, patrioti dell'indomani, patrioti alla conquista del 48, austriacanti per il 1910. Era il furore nel cielo, nell'aria. Il Corriere era d'accordo col Secolo, il Secolo d'accordo con la Sera, io ero d'accordo coi miei amici, i miei amici erano d'accordo con me, tutti eravamo avvelenati. Egli ci dava noia. Noi non ne vogliamo di questi ingegni: io sono applaudito, ma se parla lui, non mi applaudisce più nessuno. C'è bisogno del grigio, dell'incomposto, del lento. Egli è accusato da solo, prevenuto da solo, trascinato da solo, e deve rispondere in Italia di un libro francese, di cui la traduzione non sappiamo se sia fedele. E questo in Italia, perchè il senso della giustizia non è esatto.

Ma io devo leggere ancora, non più allo scopo di dimostrarvi la bellezza, ma allo scopo di rispondere ad altri: «Era necessario?» Già tutta l'arringa del Pubblico Ministero è stata questa: Era necessario?

Il resto, lo lascerò distruggere dalla sapienza del dire dei miei colleghi e maestri, lascerò che domandino al Tribunale, per esempio, cosa vuol dire il lucro, perchè io credevo che ci fosse solo una cosa indistruttibile: il dogma, il pontefice, l'infallibilità e la santissima trinità. E il dogma non si discute. Ma il lucro intangibile, il lucro dogmatico? Ma come! Vi portiamo dei testimoni i quali dicono: Egli non solo non guadagna, ma spende: questa è la dissipazione della sua vita, ma anche del suo denaro. Ma invece no, il lucro c'è, dal momento che lo ha supposto il Pubblico Ministero. «Io sono indulgente—egli dice—me ne appello a tutti: ho sempre domandato l'assoluzione tutte le volte che non ero in udienza: domani io faccio credito, oggi voglio la condanna: quattro mesi di reclusione e il libro rovinato».

Ah, no! Dategli 12 mesi di reclusione, ma non rovinate il libro. Io credo di conoscere l'animo del mio amico: non gliene importa niente della condanna, purchè la sua opera sia salva. (*Applausi fragorosi*).

Ma continuiamo a leggere per dimostrare che non c'è oltraggio al pudore...

«Era necessario?»

Prendo un'altra pagina. (Non c'è nessuna parte genitale; è Mafarka che va sotto la tenda del re nemico vestito da mendicante):

«La geometria irritata e forcuta di quella tenda regale frastagliava il turchino incandescente del cielo, e i panneggiamenti color marrone, sovraccarichi di conterie verdastre e gonfiati dal vento del deserto, somigliavano, in certi momenti, a vecchie carene coperte d'alghe e di muschi. Sulla soglia stava ritto un negro colossale, completamente nudo, dalla testa massiccia ai larghi piedi. La sua folta capigliatura faceva fluttuare con grazia tutto un giardino multicolore di penne di struzzo e di pavone, ed egli aveva, nello sguardo e negli atteggiamenti, un'aria di eleganza disinvolta, ad un tempo aristocratica e zingaresca, che seduceva immediatamente. Nei lobi delle sue orecchie, erano inseriti due dischetti di legno odoroso. Era costui Brafane-el-Kibir, il capo supremo, che sorvegliava in persona il lavoro di una ventina di soldati seduti in terra e intenti a spalmare di veleni gialli i ferri delle lancie».

È bellissimo, ma non continuo. Credo di avere sottolineato abbastanza questo bisogno di insistenza, questa compiacenza del minuto, questo strazio di rappresentazione esatta, minuta, che qualche volta esaspera l'immagine, che l'insegue perfino e la soffoca talvolta nei particolari. Perchè Benedetto Croce, parlando di Gabriele d'Annunzio, il più grande dilettante di incesti che ci sia in Italia senza sequestri della procura di Milano, di d'Annunzio il quale ha scritto un libro di esaltazione al volo, ma passando attraverso la contaminazione dei fanciulli e delle fanciulle, ha detto, senza sequestro del procuratore del re di Milano, ha detto: Due sono le grandi categorie dei letterati: letterati sintetici e letterati analitici. I letterati sintetici dànno una sola parola per ogni immagine e per ogni sentimento, Dante il più grande: «Quel giorno più non vi leggemmo avante». Mettete qualunque letterato, anche l'immenso Shakespeare, davanti ad un'ora d'amore, ad un bacio di due cognati adulteri e incestuosi, sentirà il bisogno di dirvelo, questo bacio: Dante sosta. Prendete d'Annunzio e troverete la compiacenza perfettamente contraria. Egli deve parlarvi di un bambino che muore? Ebbene: si ferma ad enumerare le piaghe, le rughe, a descrivere gli occhi, la bava: c'è in lui un grande dilettante estetico, un sensibile dell'immagine, e questo piacere rallenta l'ispirazione poetica, ma è la grandezza come la condanna del suo spirito.

Orbene: se vi leggessi non le venti righe apparentemente oscene, con le quali si domanda la condanna di Marinetti, ma le duecento, trecento e più pagine con cui si può, si deve assolutamente domandare l'assoluzione, voi sentireste come questo piacere della complicazione, dell'insistenza, questo piacere, come lo aveva un altro, Alfonso Daudet, che guardava tutto da vicino, come lo ha un altro, Giovanni Pascoli, che sente il giardino, il fiorellino, il canterino, il rosmarino, il frin-frino, finchè si fa cogliere dal Guerin Meschino... ebbene: se vi dicessi tutto questo, voi sentireste che non è la compiacenza isolata, non è il vizio, non è il desiderio di complicare l'immagine lussuriosa proprio quando si capita all'immagine lussuriosa, ma è l'evidenza pittorica, è la complicazione dello spirito, è il delirio ispirato, è la sua natura d'artista. Condannate un uomo, ammazzatelo, fate quello che vi piace, tornate alla pena di morte, ma non è lecito diminuirlo: è lecito uccidere ma non diffamare, neppure sotto la toga del magistrato. (*Bene!*).

E allora dovrei leggere dell'altro. Ma lei, Pubblico Ministero, vive a Milano. Ma insomma, lei dice, questo libro offende la morale corrente. Ma essa corre tanto, che non so dove sia; io non l'ho mai raggiunta. Ma se a porte chiuse lei, che è una simpatica e degna persona, in un certo momento ha sentito il bisogno di fare omaggio alla morale corrente raccontandoci l'episodio di quel professore, che domandava se un certo gesto era riflesso o volontario!...

Era necessario? Aveva bisogno di dirlo?

Lei stesso ci ha detto che le domestiche non sono facili. Ma l'abbiamo sulle labbra, nelle mani, negli occhi, l'istinto. Ma come: l'Italia ha una morale corrente che lei ha acchiappato? Ha una morale di castità? Ma lei li conosce, i casti in Italia? I vecchi, si sa, sono onesti, e io ho un grande rispetto per gli uomini di settant'anni, quando non vogliono ammazzare i giovani di trenta. Ma la morale corrente in che modo si offende? Io dovrei leggere, ma richiamo il Tribunale alle pagine 216, 170, 288, 228, 271... Lo richiamo al grande dolore dell'eroe Mafarka quando è ferito presso di lui il fratello Magamal: il fratello che ama il fratello. Ma ad ogni modo potrebbe essere la morale corrente (mettiti adagio chè ti voglio raggiungere), perchè non c'è fratello che non odî il fratello, come giornalista che non odî il giornalista, come avvocato che non odî l'avvocato.

Io lo richiamo al viaggio agli Ipogei, quando alla madre egli dice: Madre, tu l'hai cullato tanto fra le tue braccia, tu hai pianto tanto, madre, e te lo restituisco cadavere.—Io vorrei ricordare quanto la madre risponde: Ho pregato tanto nel silenzio della tomba, per

vederti, Mafarka! Tu sei ritornato, figlio mio, figlio mio nutrito col latte del mio seno!—
C'è offesa! c'è il seno, si figuri e c'è anche il latte! Orbene; io vorrei ricordare questo,
quando dice al popolo: Perchè vuoi soffrire, perchè hai bisogno dell'eterna
dominazione? Vattene in libertà e canta te stesso e canta la gloria della vita: non c'è più
bisogno di tiranni, lasciami al mio sogno. E vi vorrei richiamare la pagina in cui parla a
Gazurmah: «Figlio mio, ti do tutta la mia vita, prima che sia infralita, prima che il
fracidume dell'egoismo sia penetrato nelle mie vene torbide. Sono ancora giovane, sono
ancora amante, sono ancora generoso, sono altruista. Gazurmah, figlio mio, sgozzami e
potrò provare la santità della paternità nel dare la vita per il figlio.»

Questa è morale corrente. Ma lei no: lei va al Manzoni a vedere Angelo Custode, ad
ammirare gli stupri sulla scena; occhi ardenti, membra che palpitano di desiderio e
l'uomo che balza, afferra la donna, la mette a letto, la bacia, ed ella che morde il
fazzoletto e continua: «uh! uh!… mi avete baciata!» C'è perfino sua moglie che sta
attenta se succede qualche cosa. E le signorine: «Dio mio, chi sa come sarà quel bacio!»
E non c'è bisogno di saper leggere, perchè lo spettacolo drammatico vale anche per gli
analfabeti, e non c'è bisogno di pagare, perchè il teatro Manzoni, anche senza la
repubblica, è pieno di Portoghesi, e non c'è bisogno di una popolazione morale: si entra
e si esce come si vuole. Ma l'Angelo Custode c'è, almeno nel titolo. (*Ilarità. Bravo!*)

E allora vado all'Olimpia: cocottes, cortigiane, giovinotti… c'è l'amore dell'arte. E poi:
ssst, sst, che vogliamo sentire: e si alza il sipario. Il Biglietto d'Alloggio. Che cosa è? È
una casa di tolleranza. Ci sono donnine che hanno tuniche sciolte, fanno scherzi, una
offre un poncino in cui c'è un errore ortografico che nessuno capisce. E non basta,
signori del Tribunale, perchè c'è un uomo fra gli altri, un uomo tutto sbarbato: il comico
(io lo so perchè sono un po' drammatico), il comico che deve fare questa parte è
obbligato ad essere sbarbato, a camminare ondeggiante e a mettersi molte mutande per
avere quelle tali natiche che lei ci ha concesse, molto rotonde, e per offrirsi, e per
muoversi: e si paga un franco quando si paga un franco, ma se si è soci del Filologico,
per l'aiuto della cultura italiana si pagano soltanto 75 centesimi. Ma non è soltanto il
Biglietto d'Alloggio, signori del Tribunale: vi è anche l'Albergo del Libero Scambio e la
Dame de chez Maxim e perfino le Pillole d'Ercole di cui vi auguro di non aver mai
bisogno… E c'è il Bosco Sacro, dove la bellissima Borelli sviene tutte le volte che vede
un uomo nuovo, e quando sviene vuol dire che ha voglia di volargli fra le braccia. E
siccome c'è il busto di Voltaire che la guarda e par che le sorrida, perchè il sorriso è il
fondo estetico dell'anima volterriana, dice: «Ah, tu sorridi, Voltaire, perchè io casco
quando arrivano gli uomini: ma tu non sei che un busto; se tu fossi quello che comincia
dopo la cintola, non sorrideresti più!»

Signori del Tribunale, questa è la morale corrente: sono le novellette dei miei amici redattori giudiziarî... Vi ricordate di quel signor Colombini che è stato assolto, di quella signora che aveva sentito cantare sette volte il gallo e che ha intentato un processo di diffamazione e ha dovuto pagare le spese...

Le signore ridevano e il Corriere della Sera e il Secolo

riproducevano, e la mia bambina mi domandava col giornale fra le mani:

«Papà, cosa vuol dire: cantare sette volte il gallo?» E io ho detto:

«Aspetta: non è ancora la tua età.»

Morale corrente, morale passata, morale eterna, morale classica, morale pagana, morale cristiana! Le chiese incrostate da mostri osceni, San Marco che è tutto un'offerta all'amore, il nostro bel Duomo di Milano, il quale fra breve avrà un gabinetto di decenza ai piedi, per pregare la Madonnina d'oro, che ha l'esaltazione di Sodoma e la rappresentazione precisa di ciò che è Sodoma, e la Bibbia con la rappresentazione continua dei sessi. Ma lo vada a dire a San Gerolamo, ai Santi Padri: «Era necessario?» E Shakespeare? E Ariosto? Era necessario? «Fra le gambe di Fiammetta che supina giaceva» e «La baciò stretta e sotto lei tutta notte si giacque»... E non posso dire il resto perchè se no commetterei io l'oltraggio al pudore, e non il letterato Marinetti.

Lei dice: «Morale corrente! Oggi è diverso, oggi non si stampano più certe cose! Forse a teatro....» A teatro non si colpiscono: perchè? Soprattutto perchè gli autori francesi, i comici italiani, il presidente della società degli autori cav. Marco Praga, Re Riccardi importatore, quello che fa le scene, Rovescalli, Caramba che fa i costumi, Suvini e Zerboni che sono i medici di Milano, che governano il buon gusto d'Italia, e il pubblico che ha bisogno di divertirsi, e noi che se dovessimo fare la critica alle commedie per bene moriremmo o daremmo le dimissioni, sono tutta gente interessata per danaro o per curiosità. Ma Marinetti è solo. Neanche il tipografo! Solo! Neanche il libro francese: quello italiano! E la Francia ha una morale, noi ne abbiamo un'altra, signor Valenzano, e lei l'ha vista correre, e questa morale che corre deve prendere quest'uomo che sta fermo! E allora la morale corrente manca nel libro. Io potevo portarvi la nuovissima edizione donatami da un amico, perchè io sono povero e non compero libri, della traduzione di Aristofane fatta dal Romagnoli, e leggervi quella Lisistrata, dove ci sono quegli spartani che parlano in romanesco e dicono: «Stamo attenti, perchè se ce vedono co sti manganelli, ce pijano pe' delle statue, pe' monumenti.» (*Ilarità—Applausi*),

Ma rispettiamo Aristofane! E allora prendo questo: Afrodite, di Pierre Louys, traduzione italiana: Milano, Casa Editrice Baldini e Castoldi: la casa che pubblica le opere di Fogazzaro, di quello scrittore che fa il giro del mondo intorno ai brevi genitali femminili senza cascarci mai, che fa l'esaltazione dell'anticamera dell'amore, con una bella lascivia cattolica, ipocrita, gesuitica, balorda, nella quale c'è tutto il vizio possibile e immaginabile, ma non si può afferrare. È un vecchio che ha la moglie giovane e una vecchia che ha il marito giovane. Però è casto. (*Bene! Bene! Abbasso Fogazzaro! Applausi prolungati*).

Ma qui, ripeto, abbiamo Afrodite; pagina 12. Si prepari a rabbrividere signor rappresentante del P. M. Ma questo non è stato sequestrato, perciò non c'è oltraggio al pudore:

«I tuoi occhi sono come gigli d'acqua azzurri senza stelo...», ecc.

Signori del Tribunale, e non ho letto tutto, potrei leggere a pagina 115 almeno: «O dolci mani, reni profonde, torsi rotondi...», ecc.

E poi c'è anche di peggio. Leggo a pagina 176: «Quel bacio non finirà più. Sembra che vi sia....»

Ora io domando: Ma forse lei avrà ancora un piccolo dubbio. Infatti, non le ho ancora letto quella tal parola... Ecco qua: pagina 204 di un libro del grande poeta Gian Pietro Lucini pubblicato a Milano nel 1909, regnando Vittorio Emanuele III, essendo Procuratore del Re quello che era, essendoci la moralità che corre come oggi. Ecco: ed anche questo, Signori del Tribunale, è pubblicato e non è stato sequestrato: dunque si può leggere.

Sono le prostitute che parlano:

Sgroppiam le terga cavalline e seriche che fremitano al pungolo. Sorelle, al giuoco alterno galoppasi a battuta. Stirinsi i muscoli ai balzi lussuriosi. Danza de' fianchi, protendiamo il ventre: assorba l'ingordigia de' fumanti amori. Vibrin le coscie, ansino i fianchi, e il corpo s'inrugiadi di sudore: contraggansi le natiche; la vulva inghiotte! La bocca sformata e bavosa mugula tronche voci: al bel festino, Noi dispensiere, ciascun uomo si serve di ruggiti, non di parole—più.

E potrei leggere infinitamente, continuamente: libri che si stampano ogni giorno, traduzioni, testi originali di cui tutta la nostra Italia è piena. Fate una nuova legge se la legge vecchia non basta: fate una nuova moralità se la moralità che corre non si ferma. Ma non venite ad aggredire all'angolo della strada un uomo che non ha che l'usbergo di sentirsi puro.

«Era necessario?» Già, quando si è procuratori del Re, per un libro, si trova che per quel libro è necessario quello che non è necessario per un altro.

In qualche libro, per esempio, vi è un passo che può essere pornografico e più piace al P. M. inquantochè non è giustificato da un intento falso o non falso, ma che è anzi esasperato da una prefazione che è l'apologia della sensualità. Eppure questo libro si stampa e si vende perchè non c'è di mezzo il futurismo, perchè non c'è di mezzo un giovane ricco, dei comizi tumultuosi, perchè non è venuto l'irredentismo, perchè non c'è a un certo momento la foglia di un grande oratore veneto diventato presidente del Consiglio, perchè non abbiamo i barbari alle porte, perchè non abbiamo le case invase da una sorpresa nuova, da una nuova immoralità.

La verità, o Signori, come la sento debolissimamente, (e voglio accostarmi al fine, per lasciar parlare chi parla molto meglio di me) è forse questa: la sensualità è al fondo della vita ed al fondo perciò delle lettere: ma vi è una letteratura che questa sensualità canta con giocondità, una letteratura della sensualità sana, tranquilla, la sensualità di Ser Giovanni Boccaccio quando mette una bella figliuola in un orto in una notte di primavera per sentir cantare l'usignolo, e poi la madre al mattino la scopre in braccio ad un uomo con le mani dove il tacere è bello, e la madre dice al marito: «Vieni a vedere: ancora ha preso l'usignolo e tienlosi in mano». Sensualità grassa, licenziosa, ma che non conturba.

Ce n'è un'altra che tormenta la sensualità e la raffina, e le va in fondo, e dà un senso estetico, ed è quella dell'Afrodite di Pierre Louys. Ce n'è un'altra infine che insegue la sensualità come per schiacciarla, che la raffina ma per schiaffeggiarla meglio, che vuol conoscerla tutta per poterla tutta vincere.

Voi ricorderete, Signori del Tribunale, quella che è la leggenda di Rinaldo, che narra nel suo latino medioevale che un legnaiuolo era sorpreso da un rumore e si svegliava e vedeva una donna fuggire ignuda e un cavaliere a cavallo seguirla con la spada sguainata, raggiungerla, trafiggerla, gettarla in un rogo, e poi così ischeletrita metterla in groppa al suo nero cavallo, portandola seco in furia di vittoria con dolore e trionfo. Al legnaiuolo turbato da questa strana visione, il conte di Novac che lo amava e pel quale lavorava, gli chiese se qualcuno gli facesse ingiustizia. No, rispose il legnaiuolo; no, mio sire, alcuno non mi fa ingiustizia, ma la notte sono tormentato da una spaventosa apparizione che non so se sia visione o realtà. E allora il conte veglia col legnaiuolo: torna il cavaliere, torna la dama, e allora il conte gli domanda: «Cavaliere, t'ho conosciuto; tu fosti alla mia corte. Perchè strazi quella donna?». «Perchè costei era moglie di un altro uomo e fu invece la mia amante, perchè così ci castiga il buon Dio di lassù, ed io che l'ho tanto amata in vita debbo darle strazio in morte e ogni notte la uccido e ogni notte la riabbraccio e ogni notte la detesto, e ogni notte l'amo di nuovo».

Questa novella è riportata dal Passavanti per dire che il diavolo talvolta assume la forma di animale. Questa novella è riportata per dire che il purgatorio si sconta talvolta sulla terra. Questa novella è ricordata dal Boccaccio, questa novella è in fondo a tutte le visioni, a tutti i tormenti, è in fondo alla Francesca da Rimini di Gabriele d'Annunzio, nell'ultimo atto dove la donna incestuosa, adultera ha avuto il sogno non del cavaliere ma dei cani latranti, è al fondo del Trionfo della Morte dove l'amante deve uccidere; è al fondo del Piacere di Gabriele d'Annunzio dove tutto ciò che ci può essere di osceno è detto, ma per portare alla espiazione; è al fondo del Fuoco di Gabriele d'Annunzio dove una divina attrice è denudata per la vanità di un grande poeta, ma in fondo v'è un senso ancora di tragedia e di espiazione; è in fondo al Forse che sì forse che no e di tutti i romanzi. È nei romanzi di Emilio Zola, nella Voluttà e in Nanà; è nei romanzi di Flaubert; è in quella Madame Bovary che ha trovato in Francia un imbecille che voleva condannarla, ma ha trovato una posterità che ha detto che quei magistrati nulla comprendevano. È in fondo a dei versi lussuriosi, e qualche volta a dei versi che volevano essere casti e c'è anche in Antonio Fogazzaro per il quale poco fa ho avuto parole che potevano sembrare poco rispettose.

Ma noi sentiamo il desiderio della dominazione, dell'arte, della politica; vorremmo avere una vita multinoma, correre per le strade, non essere fermati dalle femmine negli angiporti, non dover salire certe scale, non sentir morire la nostra vita sotto delle bocche sapienti, e ci ribelliamo, e ci ritorniamo.

Mafarka è strano, ed è per questo che queste immagini si alternano: immagini di vittoria e di amore, di desiderio di castità e di bisogno di lussuria, di dedizione e di ribellione: questa dialettica che rende tragico questo poema, questo lirico poema, questa dialettica per cui si comprende che l'animo del Marinetti era in esaltazione di ispirazione quando scriveva.

Leggete le ultime settanta pagine, quando si incendia il bosco per opera dell'eroe Mafarka, quando egli sradica trecento piante fortissime dalla foresta per darle alle fiamme. Non sembra più nemmeno un eroe, sembra quasi Orlando innamorato che è diventato Orlando pazzo; ha la forza di una iperbole, ha la forza di un'ubbriachezza; in fondo è un delirio, è un simbolo. L'arsione delle piante è una sfida al vento. È la gioia dell'uragano che balza verde e livido fra gli scogli della notte, la gioia di questo Gazurmah, l'aeroplano che è uomo, l'eroe che è un simbolo, il figlio che è nato dalla monogenesi. Oh! il gran sogno di fendere l'azzurro, di correre sopra gli uomini, di dimenticare le basse contese, le contumelie, le invidie, i rancori, di affermare la dignità della razza, la bellezza dell'umanità, di scorgere le stelle da vicino, di insultare perfino il sole perchè è troppo vecchio e troppo freddo! È un'esaltazione di vita, è un divino delirio. Non fate come il cardinale che all'Ariosto diceva: «Dove le ha prese tutte queste corbellerie?», non fate come il magistrato accusatore di Flaubert che ha detto: «Dove ha preso queste immoralità?» Fate come il cittadino italiano, il cittadino coraggioso sotto la toga, coraggioso se avvocato, coraggioso se letterato, coraggioso se magistrato, che non sente soffiare d'intorno il vento della moda passeggera: oggi siamo più morali, ieri meno morali, oggi vogliamo il carcere, ieri non lo volevamo, ieri applaudivamo alla Mandragora, oggi uccideremmo il Macchiavelli. Ma facciamo di questo un unico diritto e un'unica equità! E salutiamo questo giovane poeta e diciamogli: «Forse al tuo animo manca una nota: la pietà definitiva; forse alla tua virtù di futurista manca una sola visione, la pace del futuro: tu sei probabilmente esaltato, fanatico, tu sei il sublime ossesso della tua nuova religione. Ma non si condanna un sacerdote davanti all'altare, non si condanna il poeta davanti al suo poema, non si assassina il gentiluomo che dona il suo grande ingegno, la sua giovinezza e il suo denaro per la gloria della letteratura italiana.» (Bene! Bene! Lunghissima ovazione. Il poeta Marinetti si alza e abbraccia l'oratore).

Arringa dell'On. Salvatore Barzilai

Signori del Tribunale!

Quando stamane il mio amico Innocenzo Cappa vi disse nell'esordio del suo meraviglioso discorso che egli non era un avvocato, il pubblico ha ammirato la sua modestia; quando io esordendo dico oggi che non sono un letterato, il pubblico non ha che da constatare la mia sincerità. Egli è letterato, è giurista e certo egli ha saputo sposare nel suo discorso le ragioni dell'arte alle ragioni del diritto, così da esporvi la causa per tal modo, signori giudici, che se non fosse l'obbligo—in questo caso obbligo gradito—dell'ufficio, avremmo potuto noi rinunziare alla parola.

Ma i letterati sono anche ingenui qualche volta, e il mio amico Innocenzo Cappa forse non previde tutte le eccezioni che alle sue riesumazioni e ai suoi confronti potrebbe opporre e opporrà nella sua coscienza e nella sua mente sagace il Pubblico Ministero. Il Pubblico Ministero può opporre eccezioni di prescrizione, eccezioni di giurisdizione, eccezioni di incompetenza. Tu hai alluso ai tempi antichi, ai tempi di Babilonia, quando le prostitute erano adorate nei templi, o a quell'Oriente ove il Fallo si portava in processione. Tempi andati, tempi antichi, altri costumi, altre mentalità, altre coscienze. Tu hai citato gli spettacoli teatrali: tu sei critico d'arte, io lo fui venticinque anni or sono, e ho conservato anch'io l'abitudine di andare a teatro.

Sono stato anch'io in questi giorni all'Olimpia e so perfettamente che oltre ai lavori che tu hai raccontati ve ne furono rappresentati in questa settimana degli altri, come per esempio lo Chopin, ove sono illustrati i rapporti che corrono fra certe melodie e... la

26

virilità. E io sono stato anche ieri sera, per esempio, al Trianon, e al Trianon—mi ricorderò sempre, signori del Tribunale, di parlare a porte aperte—c'era una signora la quale era vestita, diremo così, con un tal costume che rappresentava combinate la toilette di una gran dama in una serata di gala con quella di una ballerina nelle serate ordinarie… Orbene: in quelle condizioni di abbigliamento quella signora si contorceva spasmodicamente in una danza che si diceva essere una danza giavanese (costumi d'altri tempi e di altri paesi) e il pubblico non rideva come voi ridevate alla lettura dei brani incriminati del romanzo di F. T. Marinetti, ma guardava intento e pensoso. E quel pubblico in cui era non soltanto gente della borghesia di Milano, ma anche gente che all'abbigliamento pareva venuta dai dintorni forse per questi giorni di corse, si beava alla vista di questo spettacolo. (*Bene! Applausi*).

Ma, egregio amico Cappa, il Pubblico Ministero ci può rispondere: i teatri e i café chantants non sono sotto la mia giurisdizione, ma sotto quella del prefetto (art. 40 della legge di P. S.) e io non c'entro. Non c'è quindi contraddizione. Il prefetto non ha creduto di proibire e forse il prefetto si è ricordato che quando l'art. 40 fu discusso alla Camera, insorsero uomini che non appartenevano alle falangi estreme a dire: sono arcaismi, residui dei tempi passati, il miglior giudice dello spettacolo sarà il pubblico, sarà il padre di famiglia se ha delle tenere giovanette da preservare dai pericolosi contatti. Ma l'amico Cappa ha portato dei ricordi storici anche: ha parlato di monumenti, della basilica di S. Marco, ha anche pensato forse al David di Michelangelo, perchè verte in questo momento una questione, se debbasi elevare un paravento botanico per chiudere agli occhi del pubblico le sue nudità. Ma il Pubblico Ministero anche a questo riguardo vi dice: io non ci posso far niente: la competenza è del ministero della Pubblica Istruzione. E continuando Cappa ha portato dei libri che non furono nè stampati nè pubblicati a Milano; ma cosa c'entra il procuratore generale presso la Corte d'Appello di Milano col modo nel quale interpreta la legge per esempio il suo collega della Corte d'Appello di Firenze? Ma anche a Milano, dice l'amico Cappa, si permettono certe cose più gravi di questa innocente che è stata processata. E invero io sono entrato in questi giorni qualche volta in taluni negozi librarî che veramente esercitano il loro ufficio sotto la giurisdizione della R. Procura di Milano e mettono in vendita libri che sono stampati a Milano. Per esempio, sono entrato in una libreria che sta vicino a via S. Margherita e che ha un insegna dove si dice: «Libreria scolastica educativa». L'insegna parla chiaro. E nella libreria scolastica educativa ho comperato «L'igiene dell'amore» di Paolo Mantegazza che fu rimesso in luce in questi giorni per la, non dirò prematura, ma sempre rimpianta morte del suo autore. Il Pubblico Ministero accenna di sì: «L'igiene dell'amore» di Mantegazza è un libro di studio, un libro destinato a mettere la gioventù in guardia contro i pericoli di certi eccessi. È verissimo, sì: leggiamo un po' se vi piace soltanto l'indice di questo libro, nel quale si spiegano quali siano i primi crepuscoli dell'amore della donna, quale sia la misura lecita e quella vietata della voluttà, quali gli afrodisiaci, dei quali però… non bisogna usare, naturalmente; e parla poi delle debolezze dell'amore, delle ipocrisie genitali, e si descrivono lucidamente tutti i pervertimenti dell'amore, tutti gli artifici della lascivia per concludere che tutto questo non va bene e non si deve fare. E si parla poi dei veleni dell'amore, e si parla dell'igiene coniugale e si fa una statistica della attitudine amatoria dei principali eroi dell'umanità, da Carlo V a Caterina di Russia, e si descrivono quanti erano gli amplessi e come questi amplessi si manifestavano. Dice bene il Pubblico Ministero: i diritti della scienza non possono essere violati. La scienza va alla conquista del vero, come noi diciamo, l'arte va alla conquista del bello, e non è possibile per un inconveniente di questa natura proibire i libri di questo genere. E allora io sono entrato in un'altra libreria, nella libreria Ulrico Hoepli, che pubblica e vende libri scolastici. Ho trovato che proprio ieri l'altro da Firenze è arrivata la splendida edizione della giornata terza del Decamerone, di Messer Giovanni Boccaccio. Ah, se si tratta onorevole rappresentante della legge, della storia dell'arte e della letteratura, se negli scaffali polverosi della biblioteca i libri di Messer Giovanni Boccaccio si possono gelosamente conservare, io domando: è lecito, è possibile che questi libri siano non solo ristampati, ma ornati di splendide illustrazioni che Messer Boccaccio non aveva messo nei suoi libri, nelle quali non solo si narra «come Masetto si fa mutolo e diviene ortolano nel monastero, le donne del quale concorrono tutte a giacere con lui», ma si mette il ritratto del monaco, il ritratto del marito, il ritratto dell'amante e delle converse. Tutta questa è sì storia antica, ma evidentemente rinfrescata e illuminata da un soffio di arte moderna.

E poichè l'amico Cappa mi ha precisamente richiamato a qualche cosa che può presentare un dilemma molto semplice proprio al procuratore del Re della Corte d'Appello di Milano e al procuratore generale del Re che in questi giorni hanno qui la tutela della pubblica moralità e del pubblico pudore, allora ho trovato in Galleria Vittorio Emanuele nella vetrina di un editore mio vecchio amico—vecchio assai più di me, ma di castigati costumi, editore delle pubblicazioni meglio destinate a rinforzare i presenti ordinamenti sociali e politici—nella libreria del mio amico Emilio Treves ho trovato la ventesima edizione del Forse che sì, forse che no di Gabriele d'Annunzio, pubblicata in questi giorni, non sequestrata dalla regia procura. Ora, mi sia consentito, signor presidente, signori del Tribunale, e sarà forse la sola lettura che io mi permetterò svilupparvi, perchè qui forse siamo in termini e qui bisogna risolvere se vi è una giustizia per F. T. Marinetti e una per Gabriele d'Annunzio, mi permetterò di leggervi un brano di questo libro. Io non ho bisogno di rifarvi la storia che è ormai forse nota a tutti. Si tratta come ha detto il mio amico, di una complicazione di quello che costituisce una delle note dell'arte del poeta abbruzzese: si tratta di un signore che è anche un aviatore e ama una donna, e la sorella di questa donna è innamorata di lui, e il fratello di questa sorella è innamorato di questa sorella. Orbene in questo libro si legge questa scena che io vi prego di tener presente quando dovrete giudicare.

Quando per l'ultima volta Paolo Tarsis si incontra con la donna ed ha scoperto che essa è incestuosamente innamorata di suo fratello, si scambiano queste dichiarazioni:—

«Conoscimi, ella diceva, conoscimi prima che io mi separi da te, prima che tu mi lasci…» ecc.

Ah! io preferisco Dante Alighieri; preferisco Dante Alighieri non per

ragioni di contenuto morale, ma per profonde ragioni di estetica.

«Soli eravamo (tu lo hai rievocato oggi) e senza alcun sospetto»…

«Quel giorno più non vi leggemmo innante».

Dante Alighieri non sente il bisogno della descrizione. Dante Alighieri pensa che le ragioni dell'arte non domandano la vivisezione dell'anima nè domandano la descrizione brutale dell'abbraccio. Dante Alighieri è forse meno morale di Gabriele d'Annunzio, idealizza l'adulterio incestuoso di Lanciotto e Francesca, ma non descrive: lascia che il lettore, lascia che colui che ha seguito quelle due terzine e visto e intuito da quelle terzine la piena dell'affetto che ha travolto in un istante quei due, lascia le delizie di quell'ora non descritte minutamente ma indovinate.

E se io fossi un letterato, me lo perdoni l'amico mio carissimo Marinetti, sarei preferibilmente della scuola di Dante Alighieri. Cioè se mi è permessa una dichiarazione a questo riguardo la quale deve mettere la mia coscienza artistica, se così mi è lecito chiamarla, da una parte e per modo che non sia confusa con la mia coscienza giuridica, io credo che le ragioni dell'arte domandino brevità di tocco, semplicità di note, domandino che qualche cosa sia lasciato da scoprire, da determinare all'anima di chi legge! E ciò nell'arte come nell'eloquenza del resto, perchè io penso questo, che quando si vuol dare della bestia all'avversario non si dice: «sei una bestia», perchè questo fa cattiva impressione in chi ascolta, questo fa credere che io che queste parole pronunzio, abbia ragioni personali contro di lui; ma bisogna narrare cose e fatti di quest'uomo per cui chi ascolta dica: «ma quello è una bestia!» Questa parola sintetica sulle labbra di chi ascolta è più efficace che non pronunziata da colui che descrive.

Ma se queste ragioni sono ragioni di arte e se è possibile dividersi in due scuole a questo riguardo, però il Marinetti ha diritto di dire: il mio libro non fu e non sarà mai galeotto ad alcuno. Il Marinetti ha diritto di affermare che il suo libro potrà partire da criterî d'arte mille volte discutibili, ma parte e procede da idee morali incensurabili: vi giunge per vie che non sono le vie comuni e conosciute, ma vi giunge senza avere intenzionalmente distrutto alcuno dei ripari che la moralità vera, la coscienza vera, la pudicizia vera hanno elevato come limite al campo dell'arte.

E allora quando questo io ho detto, che sarà come la premessa del mio rapido discorso, io ho bisogno di indagare, onorevoli signori del Tribunale, se nel caso che ci occupa, se nella pubblicazione sulla quale è richiamata la vostra attenzione, se nel romanzo Mafarka il futurista, si riscontrino quegli estremi verso i quali soltanto il legislatore si è mostrato giustamente severo e che soltanto costituiscono il reato di offesa al pudore.

Non sarà inutile io credo di intenderci subito sul valore della parola, di domandarci subito quale difesa contro quale pericolo ha inteso di levare il legislatore con gli art. 338 e 339 del codice penale.

Signori del Tribunale, assai volte nelle discussioni di questo genere si confonde il tentativo di corruzione—e lo ha confuso nella sua arringa il Pubblico Ministero—col reato di offesa al pudore.

È necessario anzitutto per farci strada e chiarire le idee, stabilire un punto di partenza nel quale tutti dovranno convenire. Il legislatore, nell'articolo oggi invocata non ha inteso di sancire disposizioni penali per la difesa dell'innocenza dei giovanetti, dei minorenni, come è stato detto anche dalla pubblica accusa, per una ragione molto semplice: perchè tra pudore e innocenza c'è una antinomia assoluta. Si tratta di due criterî che sono soltanto in rapporto di antitesi. Adamo ed Eva che si trovarono nudi nel paradiso terrestre, si vergognarono; sentirono risvegliato il loro pudore solo quando acquistarono la conoscenza del bene e del male. Cioè, il pudore è qualche cosa di profondamente diverso dall'innocenza che il codice tutela con particolari sanzioni ma la cui tutela è particolarmente affidata a organi diversi da quelli che amministrano la giustizia. La tutela dell'innocenza è affidata ai padri di famiglia, è affidata alla coscienza morale di un paese, è affidata ad un complesso di tutele di altra natura, che non sono quelle del codice penale. (*Attenzione vivissima*).

Il pudore invece è un'altra cosa. Il pudore è il bisogno, il desiderio, la necessità di una persona anche perfettamente cognita di tutti i misteri e di tutte le complicazioni dell'amore, di non essere obbligata ad assistere in pubblico alla rievocazione di questi misteri.

Pudet me, mi vergogno, perchè questa rievocazione messa in rapporto con la pubblicità porta precisamente a questo sentimento che ha soprattutto un fondamento di incomodità, questo sentimento per cui io che tutto ciò conosco, io che attraverso le vie dolorose o liete sono passato, ho diritto di impedire che mi sia tutto questo ripetuto in pubblico, perchè altri studî forse sulla mia fisonomia l'impressione che questo racconto o questa rappresentazione mi andrà a fare, così da farsi giudici del mio grado d'innocenza o di moralità. Io guardavo l'altra sera in teatro, precisamente quando si rappresentava una di quelle commedie che il mio amico ha raccontate stamane, e pensavo: ma se ci fosse offesa al pudore qui dentro non verrebbe da ciò che si rappresenta sul palcoscenico ma dal fatto che ci sono nelle poltrone dei signori i quali amano studiare sulla fisonomia delle signore che stanno nei palchetti le impressioni e le ripercussioni della rappresentazione scenica...

E la signora (che in casa sua ha diritto di saper tutto) ha, fuori, quello di non essere sottoposta a questa diagnosi, ha il diritto cioè che questa rappresentazione di fatti che essa conosce, non costituisca scandalo e non presenti per lei e non porti per lei questa offesa di ciò che non è innocenza ma bisogno di un mistero che essa ha il diritto di vedere tutelato.

Dunque, innocenza è una cosa e pudore è tutt'altra cosa.

Signori del Tribunale, io potrei confrontare le mie parole con qualche cosa che ha una certa autorità: una relazione ministeriale pubblicata sul codice penale, ove il legislatore ha detto che cosa voglia ottenere con la sua sanzione. Se occorre da un lato—essa recitava—reprimere severamente dei fatti dai quali può derivare alle famiglie un danno evidente e apprezzabile e che sono contrarii alla pubblica decenza, d'altra parte occorre altresì (guardi, Procuratore del Re, questa è la linea) non invadere il campo riservato alla morale. In conseguenza non si colpiscono tutti i fatti che offendono il costume, ma quelli soltanto che si estrinsecano (tenga presenti questi estremi e poi li applichi al caso) che si estrinsecano con i caratteri della violenza, della ingiuria, della frode e dello scandalo (*Applausi*).

Lo scandalo non si determina nella camera della persona che legge un libro, lo scandalo avviene quando, ripeto, lo spettacolo erotico, illecito, è portato in pubblico e questa persona risente nella sua moralità e nella sua coscienza l'impressione di questo improvviso spalancarsi del mistero che essa ha invece il diritto di vedere tutelato. E meglio di questo, quando verremo fra pochi istanti a discutere uno degli estremi essenziali del reato.

E allora, signori del Tribunale, quando ci siamo intesi un po' sul valore di questa parola, quando non v'è pericolo che noi vogliamo confondere il reato di offesa a questa esteriorità difensiva della moralità che è il pudore, con l'offesa che va dentro la moralità della persona, all'innocenza della persona, e che ha un altro nome e si chiama corruzione, e che il legislatore sancisce e punisce solo quando è fatta mediante atti di libidine, allora vediamo un po' se vi sono gli estremi di questo reato nel romanzo del nostro amico Marinetti.

E cominciamo, se non vi dispiace, per quanto l'amico Cappa abbia stamattina rievocato in una splendida sintesi il concetto ispiratore di questo romanzo e abbia creduto lecito e onesto alle pagine nere del Pubblico Ministero (il quale ha fatto proprio come quei fanciulli i quali cercando nel vocabolario le parole lubriche non pensano se sotto la parola che comincia per «c» e che non si ripete in pubblico c'è un'altra parola che incomincia anche per «c» e che si chiama «cuore», e quindi dice che il dizionario è un libro osceno solo per questa eletta ricerca di parole che riesce a fare), per quanto, dico, l'amico Cappa stamattina abbia a questo riguardo contrapposto i brani veramente lirici ed epici del romanzo del Marinetti, parlando assai chiaramente e nobilmente, io debbo consultare questo romanzo e questi brani incriminati che non ho paura di guardare in viso per quello che sono, da un altro lato, da un profilo, forse non diverso, ma da un certo punto di vista non meno interessante.

Perchè a buon conto siamo d'accordo su questo, che per la esistenza del reato occorre anzitutto l'elemento naturale del possibile scandalo.

Ora credo che i brani che vi ho letto del D'Annunzio, a persona di noi meno foderata contro queste forme di eccitamento possano precisamente a qualche ora rappresentare le esteriorità di quel reato di lenocinio disinteressato che Dante Alighieri e i suoi protagonisti del Canto V imputavano al libro degli amori di Lanciotto.

Ma io alla vostra fede, alla vostra coscienza domando (e forse una risposta anticipata l'avete data l'altro giorno quando sorridevate e ridevate alla lettura delle immagini che all'ardente fantasia africana dell'amico Marinetti ha suggerite, il desiderio di quella sincerità, di quella libertà ad oltranza che ispira la sua arte e che non teme la repulsione, come egli afferma, momentanea dello spettatore o del lettore e spera anche da questa esagerazione di impressioni, da questa profondità di ferite, di ricavare qualche cosa che sia segno di risveglio, segno di rigenerazione) se il Marinetti nello scrivere queste frasi e questi episodî ispirati a questi concetti avrebbe, secondo afferma il Pubblico Ministero, suscitati i sentimenti erotici del lettore.

E vediamo ciò sotto un doppio profilo. Vediamolo per la realtà, per l'entità di queste parole e vediamolo anche per la posizione nella quale sono messe e per i commenti che per esse a volta a volta sono stati fatti. Io ometterò qualche parola in questa lettura, non perchè costituisca offesa al pudore, ma perchè può costituire offesa alle convenienze, perchè può sotto un certo aspetto e con un certo criterio costituire offesa alla buona educazione, perchè può secondo alcuni criterî miei costituire offesa a talune ragioni estetiche. Avreste potuto anche ordinare la chiusura delle porte, signori magistrati, senza che la chiusura avesse implicata la esistenza di un oltraggio al pudore. Ci possono essere delle cose che non dirò mai; ci sono delle parole che ho repugnanza profonda a pronunciare o anche a leggere dove sono scritte; ma ciò perchè io temo di offendere un criterio mio personale, sbagliato finchè volete, che posso avere del modo con cui si possono comunicare più utilmente i proprii pensieri, i proprii sentimenti agli ascoltatori. Io non credo alla teoria di violenze sul viso, dirette ad inculcare un convincimento, un pensiero, una verità; io credo, e qualche volta ho dovuto anche di questa mia credenza abbastanza felicitarmi, che vi siano altre vie meglio conducenti allo scopo o morale, o politico, o letterario che ci proponiamo.

Per questo posso anche saltare quelle parole, ma voi rivedrete l'intelaiatura completa del romanzo e giudicherete sull'argomento che nei riguardi del materiale del delitto io vi sottopongo.

Seguo i brani incriminati così come li ha letti il Pubblico Ministero e il primo è questo, che comincia: «Costoro avevano steso nella melma tutte le negre…»

Il bacio vi dà un senso di repulsione, nè più nè meno. Ma questa repulsione è anche nell'animo dell'artista, anche nell'animo dello scrittore! (*Bene! Applausi*).

Ed egli scrive quello che scrive col pensiero di ottenerla, questa repulsione, perchè egli non tarda, dopo avere ancora in un'altra pagina parlato dei remi i quali spingono le donne voluttuose, ad invocare la punizione dell'eccidio e della strage, ed egli parla a questa accolta di uomini i quali nella voluttà si imbragano, i quali per tal via profanano il mistero della generazione, i quali confondono l'allettamento barbarico della bestia con l'indefinibile piacere degli uomini, e: «Siete voi i direttori di questo nobile spettacolo!… Vi riconosco tutti, illustri generali di Bubassa, più che mai degni di lui!… ecc., ecc.»

Non c'è bisogno del procuratore del re, quando è l'autore che bolla così lo spettacolo con la suggestione della repugnanza che egli ha già presentato all'animo dei lettori.

E ciò che dico per questo primo capitolo si può ripetere invariabilmente per tutti gli altri. E siccome è sistema comodo quello degli eccetera, quando si tratta di capi di imputazione ed occorre essere analitici anzichè sintetici, anche più analitici di quello che non sia stato il Pubblico Ministero, e poichè la camera di consiglio del Tribunale dovrà riandare in base al libello di citazione tutti questi brani, continuo e non mi appago di sintesi troppo rapide.

Siamo arrivati a pagina 79, e in questa pagina abbiamo un altro fenomeno, abbiamo un'altra rappresentazione che non suscita questa volta il disgusto, ma suscita semplicemente l'ilarità; abbiamo una rappresentazione grottesca, abbiamo qualche cosa che è destinata a mettere quasi una nota di buon umore in un libro molto tetro, in un libro il quale per la sovrabbondanza della immaginazione del Marinetti, per il barocchismo di taluna delle sue immagini raggiunge l'effetto che due testimoni hanno descritto all'udienza. Ci vuole della fede per amarlo, bisogna appartenere alla vostra scuola, bisogna dividere i vostri ideali, Marinetti, per superare le difficoltà non del vostro stile, ma della stessa vostra concezione artistica, diretta, come voi nobilmente affermate, non a creare il trastullo e il piacere transitorio di un lettore che vada a caccia di emozioni, ma a combattere una battaglia la quale non può lasciare intorno che ferite, ma ferite dalle quali voi sperate una risollevazione, una rigenerazione della fibra letteraria, politica e morale del vostro paese.

Ma, signori del Tribunale, Mafarka ha un membro lungo undici metri... E pensate che questo faccia altro effetto che quello di far ridere? Ma questo non è umano, con questo non può avvenire l'accoppiamento sessuale, questo non rappresenta dell'erotismo. E quando questo sesso interminabile è avvolto presso il letto del povero Mafarka, il marinaio lo crede una gomena e lo attacca all'albero di trinchetto.... Voi mi parlate di rappresentazione erotica: eh! via! ma questa è rappresentazione grottesca e barocca che voi ben potete combattere in nome dell'arte, che voi non potete combattere in nome della morale perchè nessun pudore si sente offeso da questo, perchè nessuna immaginazione per quanto pudica si sente colpita da questo quadro, da questa rappresentazione. (*Bene! Applausi*).

Andiamo avanti: al terzo e al quarto dei punti salienti più direttamente incriminati di questo libro. E andiamo, signori, precisamente al capitolo nel quale si parla del famoso convegno di Libahbane e Babilli. Qui il Pubblico Ministero ha trovato che vi sono delle cose veramente gravi perchè ha rilevato che si tratta di dare la cantaride ad una fanciulla e di fare un giuoco divertente, e il giuoco divertente si fa all'oscuro, per modo che sapete quale impressione fa questo scherzo nel protagonista che è al tempo stesso autore del fatto? Questa, e probabilmente la farà anche ai lettori:

«Ma la bocca ignota che si addormentava sulla sua era soave e sinuosa, ed egli si sentì sconvolte le viscere dalla delizia e dal terrore». Ma gli giunge subito questo dubbio, legittimato dell'oscurità: «Non era il ventre squamoso di uno dei pescicani dell'acquario?» E allora, vedete l'effetto ottico dell'oscurità, grida: «Basta, Vattene.... Vattene.... Vattene.... Olà! schiavi, accendete le torcie! Poi, incatenate queste femmine e gettatele ai pesci!»

Rappresentazione erotica, questa? Rappresentazione, se volete, sotto un certo rispetto strana intonata, alla mentalità complessiva di questo protagonista arabo, ma Mafarka, nella cui anima parla il Marinetti in sostanza, e in cui Marinetti ha posto i suoi sentimenti, anche in questo momento sente repulsione di questo spettacolo e manda queste donne nell'acquario per inesistenza di attitudine ad oltraggiare il suo pudore.

Ma non basta, o signori, perchè egli assolutamente deve fare una requisitoria ad ogni capitolo, anticipatamente, per quanto era lecito e giusto; e infatti dopo la scena dell'orgia, egli dice:

«—Maledizione! Maledizione!… Come le farfalle e le mosche, voi avete delle trombe, per pompare le forze e il profumo del maschio!… Come i ragni, voi vi colorite così da somigliare a bocciuoli di rose, ed esalate persino dei profumi inebbrianti per attirare insetti come noi, ghiotti di fiori!… Vi coprite di squame, per somigliare al mare imbrillantato dal sole, e la nostra sete di freschezza ci fa vostre vittime! Vi coprite d'oggetti tintinnanti, perchè le tigri s'incantano col suono di una campanella!… Tutto il veleno dell'inferno è nei vostri sguardi, e la saliva sulle vostre labbra ha riflessi che uccidono…. sì, che uccidono come pugnali!…» (*Applausi*).

Oh, qui vi è una reminiscenza di qualche cosa che non è lubrico: vi è la parola che Amleto rivolge alla sua donna, vi è la parola di Amleto che castiga i costumi, che rievoca il concetto alto della femminilità che non si veste di questi abiti, che non si arma di questi allettamenti, che non cerca questi piaceri; e dopo che un uomo vi fa nello stesso suo libro, anche a questo punto, una requisitoria e condanna questi sentimenti che egli presenta al lettore col bollo e col crisma della sua maledizione e del suo biasimo, voi sentite ancora il bisogno di venire a domandare per lui dei mesi di reclusione?

E dopo avere, in questo modo e per questa via, presentato ad ogni punto il contravveleno a quello che potrebbe essere il veleno del suo discorso, e dopo avere avuto cura di ripetere in parola ciò che era già nel fatto, perchè i sentimenti che l'autore esprime sono gli stessi sentimenti che sorgono nell'animo del lettore alla lettura degli episodii senza bisogno di commenti… dopo aver fatto questo, egli, ad una certa ora, ad un certo punto del suo romanzo, dice qualche cosa che voi non potete trascurare: qualche cosa che non dice Gabriele d'Annunzio dopo aver tracciato i suo idillii incestuosi, che non ricorda Gabriele D'Annunzio dopo aver presentato i suoi aviatori nell'abbracciamento da me riferito, qualche cosa che suona come alta e nobile rivendicazione degli ideali della moralità dell'arte:

«Una sera, subitamente, mi domandai:—V'è forse bisogno di gnomi che corrano sul mio petto, come marinai su una tolda, per sollevare le mie braccia? E c'è forse un capitano, sul cassero della mia fronte, per aprire i miei occhi come due bussole?—A queste due domande, il mio spirito infallibile ha risposto: No!—Ed io ne ho concluso che è possibile procreare dalla propria carne, senza il concorso della donna, un gigante immortale dalle ali infallibili!» (*Applausi fragorosi*).

Qui è l'epilogo, la rappresentazione sintetica degli intendimenti dell'autore. Non occorre, non occorre a Marinetti, per esempio, onorevole rappresentante dell'accusa, fare come già fece un poeta accusato dai critici (meno male, anzichè dal Pubblico Ministero) un poeta il quale aveva scritto cose molto simili a quelle che sono ora rinfacciate al Marinetti, ma molte cose che erano presentate in modo attraente, molto allettatore, e in quel libro non vi era del dualismo tra il protagonista che agisce in un modo e l'autore il quale stigmatizza... non occorre al Marinetti avvertire il pubblico che egli è e resta—chiuso il libro—un buon padre di famiglia, un uomo di incorrotti costumi.

No, Marinetti non ha bisogno di polemiche dichiarative, perchè il suo libro è l'espressione dei suoi sentimenti e ripugna dalle scene, che voi chiamate oscene, dei suoi protagonisti. Egli dice che l'amore del fratello è la morale più possente del suo animo e delle sue azioni, che il ricordo della sua madre è quanto lo sostiene nelle difficoltà della vita, che il pensiero del figlio è la sua speranza e la sua fede. Ed egli dice ciò nel suo libro e non ha bisogno di ricorrere ad un supplemento per spiegare il suo ideale di moralità, il suo ideale di arte: e voi di tutto questo non gli tenete conto e domandate per lui quattro mesi di reclusione!

Onorevole rappresentante della pubblica accusa, quand'anche il diritto positivo non facesse a pugni con la pedanteria delle parole della vostra conclusione, solo per l'esame breve e rapido che ho fatto del materiale di questo libro voi dovreste, signori del Tribunale, dichiarare che esso è incensurato e incensurabile. (*Applausi*).

Domando ora cinque minuti di riposo, se mi si consentono, perchè ho abusato un po' della vostra pazienza e della mia voce, per continuare in questo mio esame.

L'On. Barzilai riprende quindi così:

Credo di avere dimostrato che la legge non tutela la innocenza delle ragazze.

Ferdinando Martini diceva che era ora che queste ragazze prendessero marito, non venissero a mendicare la tutela del codice per ciò che il legislatore non ha creduto fosse nel suo àmbito, e credo anche nei riguardi dei maggiorenni, che sono soltanto oggetto delle nostre indagini, il libro Mafarka di Marinetti si presenti come di nessun danno. Ma anzi ove si ammetta nella pedagogia, la utilità di una forma di educazione a base di sferzate, a base di revulsivi potenti, può anche darsi che questo libro possa stare in quella biblioteca scolastica educativa nella quale ho trovato un'ora fa il libro di Paolo Mantegazza. E allora dell'arte di questo signore e del suo futurismo si può dire quello che si vuole e che piace meglio.

Il futurismo c'entra in parte dei capi di imputazione perchè il protagonista appartiene a questa scuola, non c'entrerebbe per tutto il complesso dei programmi che furono pubblicati e propagandati nei giornali e nei teatri. È lecito essere sinceri anche a questo riguardo.

Noi certamente non pensiamo, egregio Marinetti, di distruggere le biblioteche e i musei, e non soltanto perchè questo nuoce al movimento dei forestieri. Crediamo che il presente sia figlio legittimo del passato; che la nostra psicologia è quella che sia perchè ha al disopra la storia che questo tentativo di svellere dal nostro animo il passato, distruggendolo nelle gallerie, nelle biblioteche, sia un tentativo che non risponde interamente ad una retta indagine dell'animo umano.

Si tratta, bene inteso, di incendî verbali, di distruzioni letterarie, ma anche sotto questo rispetto, all'arte di Marinetti io dico: andiamo adagio, perchè è vero che si dicono beati i paesi senza storia, ma anche è vero che qualche volta una parte delle nostre energie viene dai nostri ricordi, una parte delle nostre iniziative viene dalle nostre memorie, una parte della nostra forza di volontà viene dall'esempio. Ora, quando voi distruggete tutto questo, forse voi lascereste i destini della patria in mano di una generazione la quale non so se riuscirebbe a far meglio di quella che è passata.

Io anche nei giorni passati ho visto dei giovani insorgere contro il pensiero di tutto ciò che rappresenta una incomodità: contro il duello, contro la guerra, contro lo sport, contro tutto quello che rappresenta uno sforzo ed un ardimento.

Ora noi siamo qualche volta in caso di rispondere a queste suadenti parole le quali invitano alla comodità e invitano alla distruzione dell'energia appunto in vista di un passato che noi possiamo rievocare. Ma certo nei concetti che il Marinetti trasfonde al suo protagonista vi è ancora una parte di giusto e di vero. Ed è per questo che noi, noi che dalle memorie e dai ricordi dobbiamo e possiamo trarre qualche cosa, assai spesso ci trasformiamo in uomini di contemplazione, in uomini i quali, paghi di avere un passato, lieti di avere degli avi, orgogliosi di avere una nobiltà o una fortuna dagli avi ereditate, non pensano a conquistarsela, non pensano, come il protagonista della leggenda medioevale, a farsi uno stemma, a farsi una gloria, a fare qualche cosa che non sia retaggio dei padri, ma il risultato dello sforzo dell'intelletto, dello spirito di sacrificio. Quindi nella esagerazione rivolta precisamente come essi dicono a far colpo, a fare impressione, a creare uno stato d'animo, un movimento di pensiero che sia auspice di una rivoluzione, certo che c'è una grande parte di vero. (*Bene! Applausi fragorosi*).

Ma anche se tutto è falso, tutto ciò non ci interessa, e poichè ho finito la prima parte del mio discorso con le parole di un poeta che ha avuto molte accuse e molti attacchi, e io che ho chiuso la prima parte del mio discorso rievocando quei versi, potrei adesso, avviandomi per il sentiero assai meno dilettoso di una più diretta interpretazione giuridica, dire al Marinetti che egli ha il diritto di dire come quel poeta:

«No, sgualdrina non è perchè ricusa

le comode bugie dell'ideale…

No, sgualdrina non è la nostra musa…»

Sgualdrina non è la musa di Marinetti. L'intento suo non è quello di trarre fuori dai veli dell'ignoranza i giovinetti, di trarre fuori dal buono e sano gli adulti.

La sua arte può anche, con sentenza di giudici che non siete voi, condannarsi, ma senza rievocare altri tempi, altri processi, altri giudici, altre sentenze che noi credevamo separati da noi da secoli di civiltà e di progresso; la condanna della sua morale e delle sue idealità di arte, da giudici italiani come voi siete, in Milano, oggi, non può essere pronunziata.

E non lo sarà anche perchè voi se foste, ciò che non siete, attaccati al passato così come non vuole Marinetti, se foste attaccati più che ai ricordi e alle memorie, ai pregiudizii di un passato ora morto, voi avreste, per arrivare laddove vi vorrebbe trarre il rappresentante della legge, da superare altri ostacoli.

Non si passa, perchè la legge lo impedisce, dunque perchè manca, ed è già qualche cosa, il materiale del reato.

Ma ci fosse, avessero i brani di questo volume la capacità che loro attribuisce il Pubblico Ministero, di ledere il pudore: allora noi abbiamo l'obbligo di vedere la nostra legge positiva, abbiamo l'obbligo finalmente, dopo aver cercato di leggere male dei poeti e dei romanzieri, di leggere anche questo grande scrittore, il quale nel suo libro ha certamente messo tutto quanto si agita di bene e di male nella vita sociale, di leggere, dico, gli articoli del codice.

Dunque il codice vuole questo: che per essere colpevoli del reato imputato a Marinetti, si offenda il pudore con scritti, con scritture, disegni, o altri oggetti osceni sotto qualunque forma distribuiti o esposti al pubblico od offerti in vendita.

Due questioni, sostanzialmente, io vi propongo, signori del Tribunale. La prima: che è da ricercarsi in questo reato un dolo particolare; cioè che occorre dimostrare non solo la coscienza di esporre, di offrire, di distribuire, di vendere un oggetto osceno, ma occorre anche la volontà di offendere il pudore pubblico. Il Pubblico Ministero lo ha negato, ma forse si ricrederà. Forse si ricrederà perchè io non gli dirò parole mie assai povere e che non potrebbero giungere certo a mutare il suo convincimento, ma dirò parole di uomini che stanno nella sua classe, di uomini che hanno cooperato largamente alla nostra legislazione penale e che lo faranno facilmente convinto. Se poi egli alla convinzione farà seguire la confessione, non so.

Egli ha citato ieri un articolo dal codice penale; ha fatto un confronto che, mi perdoni, non era del caso, ed egli stesso probabilmente non insisterà per dimostrare che pel reato di offesa al pudore non occorre la volontà della offesa. Ora vi è un reato per la perfezione del quale il legale non ha rilevato sufficientemente la coscienza dell'offesa.

C'è l'articolo 393 del codice penale, che ha sancito il reato di diffamazione. Ora quando il legislatore ha voluto che basti la coscienza di scrivere cose ingiuriose o diffamatorie perchè si debba rispondere di diffamazione, ha usato una frase speciale. Non ha detto «chiunque offende», ma ha detto: «chiunque attribuisce a una persona un fatto determinato tale da esporlo al pubblico disprezzo», cioè, purtroppo, dico (e la buona giurisprudenza ha già, precorrendo ciò che farà fra non molto la legislazione, reagito contro questo concetto), purtroppo quando il legislatore ha voluto stabilire che basti la coscienza di dedurre la circostanza oltraggiosa e ingiuriosa l'ha obbiettivato così dicendo: «cosa tale». Allora lei mi cerchi un po' se in questo articolo si dica «chiunque offenda il pudore con scritture tali da ottenere questo risultato». Nemmeno per sogno.

E allora? E allora dobbiamo evidentemente ritenere, già per questo primo esame comparativo, che il legislatore ha voluto precisamente indagare la intenzione di colui che commette il delitto. (*Applausi*).

E badi, sa, non dica di no, perchè solo così, solo interpretando l'articolo di legge con la necessità dell'indagine dell'intenzione, si può liberare lei dalla contraddizione di cui l'avvocato Cappa le ha parlato. Soltanto più esattamente stabilendo la ricerca dell'intenzione si può ammettere senza scandalo che vi sono libri processati e libri non processati perchè il magistrato precisamente non dovrà fermarsi alla materialità, se non messa al servizio di una intenzione oltraggiosa del pubblico costume. Perchè altrimenti sarebbe ben ridicolo che il Marinetti fosse come quel tale poeta il solo corrotto del suo tempo e del nostro paese e che soltanto contro di lui, contro questo untorello che vorrebbe da solo spiantare Milano, si dovessero scagliare i fulmini. Ella può volerlo, lo vuole su quel banco, solo perchè crede che abbia avuto l'intenzione di offendere il pudore; ed ella solo così può volere, perchè altrimenti stabilirebbe una sperequazione di giustizia assolutamente più scandalosa di un articolo o di un romanzo di questo genere.

Ma lo dico io, lo dice il codice implicitamente. Ho ansia di finir presto e capisco la insofferenza dei signori del Tribunale per le lunghe letture, ma mi basta che mi sia Concesso di leggere quattro parole che sono appunto, se riesco a trovarle, della relazione ministeriale, che è accompagnata dal progetto di legge.

Vi è nel codice penale un articolo dove si punisce come contravvenzione la esposizione in pubblico di disegni, l'emissione dei canti osceni, ecc. Ora il legislatore, ministro proponente Zanardelli, diceva così nella relazione: «La rubrica del capitolo modificata (si parla della contravvenzione) eliminava la parola offese, perchè quantunque il testo dell'art. 490 usi la parola offende non si supponga per avventura nella contravvenzione richiesto quell'elemento intenzionale che è proprio invece nell'altro reato punito in altri articoli.

Ora io non so, quando in un codice ci sono due articoli che dicono così, come si possa col dovuto rispetto per le opinioni di tutti, parlare di non necessità di intenzione nel reato di cui ci occupiamo. Ma c'è un'altra cosa molto più tipica, nella relazione ministeriale, ed è la conclusione dell'articolo. Infatti il relatore ad un certo punto dice:

«Taluno aveva proposto di escludere con apposita dichiarazione dall'articolo 339 il caso di disegni fatti a scopo di studio. Venne in proposito osservato che il delitto contemplato presupponendo l'elemento doloso, escludendosi il dolo cessa la punibilità e non c'era bisogno di eccezioni specifiche».

Cioè, in poche parole, ha dubitato la commissione: voi andate a punire anche un trattato di ostetricia. E il legislatore dice di no. Perchè va bene che l'ostetrico ha la coscienza di pubblicare certi disegni, certe cose che possono offendere il pudore, ma dal momento che voi magistrato dovete vedere se lo ha fatto per educare la gente o per demoralizzarla, potrete perfettamente escluderlo da ogni responsabilità senza una casistica che turba e che può ingenerare equivoci.

Ed io non vi leggo altro, per quanto veramente vi siano delle pagine meravigliose per semplicità e lucidezza. E per stabilire la necessità del dolo specifico io voglio fare un esempio al Pubblico Ministero, che forse potrà essere di qualche significato.

I due articoli 338 e 339 sono legati dallo stesso concetto. Quindi presiede ad entrambi la necessità di questa indagine. Ora, supponiamo di trovarci su una spiaggia di mare, in uno stabilimento di bagni. Ci sono degli uomini, ci sono delle donne. Ad un certo punto si vede là in fondo un disgraziato che sta per affogare. Un uomo sente il bisogno di svestirsi all'improvviso e di buttarsi in acqua, e svestendosi mostra alle signore spettatrici adunate commosse sulla spiaggia, qualche cosa che non si deve mostrare in pubblico. Lei lo manda in prigione per oltraggio al pudore? Ma quell'uomo non ha l'intenzione di offendere il pudore, ha l'intenzione di compiere un'atto nobile e generoso. E se allora mostra qualche cosa di impudico pur sapendo di farlo non lo può punire, perchè deve punire la sua intenzione e non il suo atto. Dunque lei ammette nell'intenzione una discriminante. *(Bravo! Bravo!)*

PUBBLICO MINISTERO.—Ma vi è lo stato di necessità!…

ON. BARZILAI.—Lo stato di necessità! Oh, lo stato di necessità… In verità ella in condizioni analoghe non sosterrebbe questa teoria. Stato di necessità molto relativo; tanto è vero che di tutti quei signori che si trovavano sulla spiaggia uno solo si è buttato in acqua, mentre gli altri sono rimasti a terra a aspettare che il naufrago fosse loro portato dinnanzi.

Quindi, signori del Tribunale, la necessità di indagare l'intenzione. Ma vediamo la logica della legge che qualche volta vale anche l'interpretazione. Perchè ci vuole l'intenzione di offendere il pudore e perchè non si punisce? Forse vi è un'anima legislativa che possa ammettere che vi sia un materiale veramente offensivo del pudore, senza l'intenzione di offenderlo? No, per questo: Perchè la legge intende che a seconda dell'intenzione anche il materiale presunto oltraggioso assumerà una forma particolare. Perchè se avrò l'intenzione di educare, io, pure esponendo i misteri, i segreti dell'accoppiamento, li presenterò come forse non ha fatto il senatore Paolo Mantegazza, per modo da suscitare pensieri e riflessioni gravi, non l'erotismo di chi legge; perchè quando io avrò scritto una pagina d'arte, se sarà una pagina d'arte, se sarà determinata da un sentimento discutibile finchè volete, ma nobile, di arte e di estetica, io imprimerò a questa pagina una suggestione più forte di quella del senso. Io richiamerò prima i sensi del mio lettore, la sua anima, la sua mente, la sua psiche su tutto quanto di bello, di attraente, potrà uscire dalle viscere del mio romanzo, quindi non darò a lui quel tempo che gli dà lo scrittore del Tempietto di Venere di deliziarsi nello studio e nel presentimento della imitazione che potrà prepararsi di quei giocondi misteri: io avrò creato nel suo animo una sentimentalità più alta, io non avrò oltraggiato il suo pudore. Ed ecco come l'elemento subbiettivo si fonde con l'elemento obbiettivo, ed ecco perchè la ricerca è richiesta: perchè in caso diverso Pubblici Ministeri meno intelligenti di lei potrebbero mandarmi al pubblico giudizio dei trattati di medicina legale, potrebbero fare un fascio di tutto quanto l'arte e la scienza hanno dovuto lavorare sull'inconoscibile e sul misterioso per uno scopo elevato di conquista del vero e del bello. E perchè questo non avvenga, la ricerca è necessaria, e quando l'intenzione è nobile, elevata, disinteressata, e se ne trovano le tracce, voi questa intenzione la riconoscete, anche nel presunto materiale criminoso.

A questo punto debbo fare una interrogazione al Pubblico Ministero, che si riallaccia alla definizione che non a puro scopo di esordio ho posto nelle prime parole del mio discorso.

Guardate: il legislatore, in armonia con quanto promette e annunzia nella relazione ministeriale, ha escluso dalla punibilità l'oltraggio al pudore privato. Si punisce lo spettacolo erotico rappresentato anche da persone legalmente congiunte, sulla pubblica strada o il medesimo spettacolo portato nella platea di un teatro (perchè se è sul palcoscenico, gode una certa impunità, come abbiamo visto); ma il legislatore, se voi, senza violazione di domicilio, andate in un luogo non esposto al pubblico a commettere un atto osceno, in presenza anche di signori e signore, dice: io non me ne incarico.

Dunque allora è vero, come dicevamo prima, che il legislatore non fa il moralista, che il legislatore lascia libera la padrona nella cui casa si facesse qualche cosa di simile, di prenderne rispettosamente per un orecchio l'autore che egli lascia alla sanzione morale che colpisce coloro i quali contravvengono alle norme della convivenza civile, ogni forma di oltraggio di questa natura. Il legislatore è... pagato dal pubblico e si occupa unicamente del pubblico. Si occupa del pudore collettivo e niente altro. Il pudore individuale importa niente: importa solo quando oltre al pudore si offende la innocenza, quando si va dentro e si colpisce alle sorgenti la moralità. (*Applausi*).

Ma guardate anche allora cosa fa: anche allora lascia che se la sbrighino, occorrendo, le parti private, anche allora la suprema difesa della moralità è messa alla mercè di un gruppetto di biglietti da cento o da mille che per riparare l'atto di libidine o magari stupro violento si richiede dalla parte in qualche caso veramente lesa. Dunque a fortiori non si occupa del pudore privato.

Ora mi spieghi lei come il legislatore che non punisce, questa scena al vero che si compia nello sfondo, nell'interno di una casa o di un circolo privato o dove insomma convengano anche più persone, punirebbe poi il fatto di Tizio che è andato a comprare un libro, se lo è messo in tasca ed è andato a leggerselo a domicilio.

Oh, ma questa è una stranezza! Io penso che il legislatore non può aver voluto punire questa diminuzione del pudore, questa offesa del pudore individuale che io mi procuro con l'acquisto del libro, e non ha mai pensato a questo, il legislatore.

Il legislatore vuole una cosa: vuole che l'oggetto incriminabile si offra in vendita. Egli non colpisce il fatto dell'acquisto del libro, egli vuole la offerta in vendita, e arriva a punire la offerta in vendita con una giurisprudenza discutibile per sè stessa, indipendente dalla effettiva oscenità del libro. Quando si scrive per esempio «Venite: noi abbiamo dei libri osceni», dice il legislatore, dicono le sentenze: è inutile a guardare se siano o non siano tali. È offesa al pubblico pudore il fatto della profferta di questi libri. Ma qui non siamo nel caso.

Siamo nel caso di Tizio che va a comprare il libro di sua volontà, e se lo porta a casa.

E allora vediamo. La teorica sembra troppo nuova forse, ma appunto perchè non si ha mai occasione di svolgerla, essa non può essere affidata soltanto alla mia povera interpretazione della legge e quindi abbiamo assolutamente il bisogno di andare a cercare qualche cosa che la sorregga. Io sento tanto la mia personale debolezza nel sostenere questo, che prima di ogni altra cosa e subito, vi voglio leggere una pagina la quale forse vi dirà molto di più e forse mi dispenserà dal prolungare la mia dimostrazione. La pagina è dovuta ad un uomo che voi tutti conoscete come io lo conosco.

È una pagina di Aristo Mortara, presidente della Corte d'Assise di Milano, uomo il quale non solo è magistrato di alta coscienza, ma anche un cittadino d'esemplare moralità. Non ho mai visto Aristo Mortara per la strada se non al braccio della sua signora. Egli è uno di quei cultori veramente appassionati del sentimento della famiglia e di quanto vi è di più nobile, mi sia consentito il dire questa parola nei riguardi di un uomo che una lunga convivenza professionale mi ha insegnato a stimare assai. Orbene, sentite che cosa dice a questo riguardo Aristo Mortara, e dico quello che dice, per risparmiarmi ciò che nel suo libro sull'Oltraggio al pudore, dice l'altro magistrato egregio: l'avvocato Formica: (*Attenzione vivissima*)

«Viene esposto, nel negozio di un libraio, un volume osceno nella sua esteriorità (titolo lubrico, immagini oscene della copertina). Niun dubbio che questo fatto, considerato a sè, tanto come esposizione, quanto quale tacita offerta in vendita, esaurisca gli elementi del reato di offesa al buon costume; la sola percezione della immagine, o la sola conoscenza del titolo del libro essendo sufficiente a corrompere il costume dei giovani, a svelare loro turpitudini e sconcezze, a far sorgere negli stessi adulti un senso di ripugnanza per la lubricità dell'oggetto così sfacciatamente esposto al pubblico ed offerto in vendita.»

E qui osservo che offrire in vendita non vuol dire vendere, perchè quando si vuol parlare di «smercio», lo si dice come nell'articolo in cui è sancito il caso della vendita. Qui si tratta di offrire in vendita, e voi vedete subito il venditore di cartoline postali che va in giro e offre, e quando anche non si acquista mostra le figure e le leggende oscene. Ma proseguiamo:

«Supponiamo invece che sia esposto in vendita un libro dall'esteriorità perfettamente onesta, che si annunzi con titolo insospetto, ma che nel suo contenuto sia osceno. Chi giungerà a corrompere quella esposizione ed offerta in vendita? Ma certamente soltanto coloro che avranno acquistato il volume e nel segreto della propria casa ne avranno compiuta la lettura. La demoralizzazione non è inerente al fatto dell'annunzio, parte veramente liberata alla pubblicità, ma è conseguenza dell'atto proprio di colui che volle del libro fare acquisto, e pascere la mente alle lubriche narrazioni che contiene; quindi non offesa al costume pubblico, ma sibbene e solo a quello privato.» (Applausi)

E qui viene l'obbiezione del Pubblico Ministero:

«Senonchè si può obbiettare che la pubblicità, la réclame in sè stessa, non ha altro scopo che quello di diffondere un libro il quale è offensivo del costume. Il mezzo usato per la offerta in vendita, per quanto rivestito di veste bella, deve diventare obbietto di sanzione penale appunto perchè ha l'attitudine di raggiungere un fine vietato dalla legge.» E allora leggiamo:

«Stimiamo necessario di porre in guardia da queste precipitate conclusioni... Noi le impugniamo perchè alla moralità privata o individuale debbono provvedere i singoli cittadini; ciò rientra nell'ambito della educazione domestica, e non tocca la mansione legislativa; la scelta della letteratura e quindi l'acquisto di un libro buono ed utile, anzichè di un libro immorale e dannoso, non si può neppure in via indiretta far rientrare nel codice penale.»

O signori del Tribunale, ecco che noi scopriamo la intenzione del legislatore, ecco che noi vediamo perchè dopo essersi proposto nella dichiarazione della relazione ministeriale di non invadere il campo della morale, ma di punire l'oltraggio al pudore solo quando reca pubblico scandalo,—sono le parole del legislatore,—dopo avere esentato da ogni responsabilità la rappresentazione di oscenità fatta in privato, il legislatore non potesse pensare a colpire altra cosa fuori di quel che costituisce è l'incitamento pubblico, la rappresentazione di un qualche cosa che abbia nella sua esteriorità, nella sua offerta, lo stigma delle oscenità e quindi pubblicamente, indipendentemente dall'esame e dalle indagini particolari che ciascuno andrà a fare di questo corpo del reato in casa sua, costituisce un pericolo e un danno per la società e per i cittadini.

Guardate, o signori del Tribunale: con una frase molto semplice, in un altro punto, in un altro suo libro il magistrato che io vi ho ricordato pochi minuti or sono, descriveva quale è il diritto che si è voluto tutelare con queste sanzioni. Io purtroppo ho perduto le carte, ma mi ricordo a memoria. Diceva Aristo Mortara in un'altra pubblicazione:

«Il legislatore ha voluto che il galantuomo il quale va a spasso con la sua signora o con i suoi bambini non sia turbato e offeso da qualche cosa che sotto forma di disegni o sotto la forma di scritture gli sia offerto in vendita nè posto sott'occhio.» Voi conoscete, voi tutti sapete che vi sono dei girovaghi nelle pubbliche strade i quali si avvicinano a Tizio, a Caio, e dicono e promettono: «noi abbiamo, noi possiamo, noi vi diamo; guardate, leggete....» e vi invitano in un portone, in un cantuccio ad esaminare la merce. E noi abbiamo quelli che vendono cartoline postali oscene e libri i quali nell'interno non contengono alcuna oscenità, ma per eccitamento del pubblico hanno delle magnifiche planches straordinariamente oscene sulla copertina.

Questo è ciò che tocca il pudore pubblico che, solo, il legislatore ha voluto sanzionare e difendere. Il legislatore non può andare a domicilio: ci sarebbe andato per altro titolo. Il legislatore mostra con tutte le sue disposizioni in questo campo del codice, con la stessa larghezza con cui ha lasciato il cittadino privato arbitro della sanzione penale, mostra che in materia di moralità pubblica meno processi si fanno e più la moralità ne guadagna. (*Applausi fragorosi*).

E questo la legge dice riguardo alle lesioni gravi, gravissime che intaccano l'ordine della famiglia e offendono la pubblica moralità: e voi, Pubblico Ministero, dovete sofisticare per far rientrare nei cancelli del codice tutto ciò che il codice ha escluso, come cosa che va fuori del suo dominio, della sua giurisdizione, della sua missione sociale?

Quindi nessuna offerta in vendita, quindi nessuna effettiva offesa al pudore come per altra via ha dimostrato il prof. Capuana, cui mi è grato di rendere in questo momento l'omaggio che è dovuto ad un augusto veterano dell'arte, che come diceva l'amico Cappa non sarebbe venuto qui a barattare la sua coscienza o il suo criterio artistico per far comodo a noi o al signor Marinetti. Ed io, o signori del Tribunale, mentre affermo e sostengo che in tutto questo che ci è passato innanzi agli occhi manca in ultima ipotesi il materiale del reato, vi soggiungo e dimostro con la lettura che ho fatto dei testi di legge e delle loro interpretazioni più sicure, che non poteva nemmeno, ove diversa fosse l'ipotesi del Pubblico Ministero, che non poteva nemmeno, questa sostanza, essere di dominio, di competenza di una azione e di una persecuzione giudiziaria.

Io credo, o signori del Tribunale, che voi comprenderete come l'ufficio che vi è in quest'ora demandato, sia alto ufficio civile. Guardate: stamattina mi arriva questo giornale da Roma, dove vi è un brano di una lettera rivolta a me, e in cui mi si dice che faccio meglio ad occuparmi di processi che non di politica.

«Meglio occuparsi delle cose nostre come fai tu ora in tribunale difendendo una causa che è molto importante, perchè si tratta di arrestare la vecchia gesuiteria, Barzilai mio. Pensa a quello che accadrà dopo un rinforzo di gesuiti esuli dal Portogallo con molti quattrini per giunta.» (*Applausi fragorosi*).

Voi siete magistrati moderni, siete magistrati che conoscete i limiti del vostro ufficio, che sapete come l'avvenire della specie, gli interessi supremi della moralità e della civiltà esigano sanzioni, che forse forse non dovrebbero essere lasciate sotto questo rispetto all'arbitrio del privato, contro i fatti che riflettono il costume, ma non siete in ogni ipotesi uomini disposti a rompere lo specchio perchè vi riflette ciò che lasciate e dovete per certe ragioni lasciare impunito quando si verifica nella realtà! Non siete magistrati i quali vogliano trovare questo nuovo argomento di critica storica e letteraria: i mesi di reclusione.—Eh! lo so; essi furono in vigore; ma non credo che abbiano raddrizzato la letteratura e l'arte, giacchè non credo che sia l'arte che crea la moralità, ma sia la moralità che crea l'arte.

E il Marinetti ha fatto un libro discutibile, un libro che come dicevo, io sono stato ben lieto di leggere perchè volevo venir qua e dirvi il bene e il male che penso della sua opera, un libro che è la manifestazione di un'arte la quale suscita entusiasmi da un lato, suscita riprovazioni dall'altro, ma è grande arte.—Non vi leggerò tutto ciò che del Mafarka hanno scritto uomini che hanno un diritto di cittadinanza incontestabile nel campo della letteratura. Vi ripeterò ciò che uno dei più importanti, forse il più importante giornale di critica letteraria francese, Le Mercure de France, per opera di una illustre scrittrice (Rachilde), dice di questo libro, tributandogli un elogio che io non vorrei leggere per non abusare della modestia del mio raccomandato.

«Vi ripeto, scrive Rachilde, che ho trovato veramente bellissimo questo romanzo, perchè F. T. Marinetti è veramente riuscito a farmi vedere il suo enorme sogno. Ora, se uno scrittore mi fa vedere realmente un'esistenza pazza, riesce realmente a darmi la visione dello stravagante, io non domando di più per trovare in lui del genio.

«Non mi piace il procedimento impiegato dall'autore, e non discuto la sua esagerazione spesso di cattivo gusto. Egli possiede d'altronde tutti i difetti di Victor Hugo, ma sta con regale disinvoltura nel disordine. Se constata che la voce di un muezzin è violetta, non ne sono urtata: mi ci adatto, quando mi trovo davanti al quadro dei Cani del Sole. Mafarka che combatte accanto a suo fratello Magamal l'arrabbiato è una pagina favolosamente impressionante. Il festino dei mostri del mare e l'orgia che segue sono capitoli meravigliosi.

«Certo, tutto ciò non è affatto castigato: certo, vi è terribilmente sparso il pimento africano e il romanzo odora furiosamente di negro (specialmente nello Stupro delle negre); ma è pieno di vita, poichè, in fondo, nulla è più vivo di incubo. Credete voi che il fabbricare da capo a piedi un uomo artificiale e il farlo camminare non sia difficile, quando s'abbia dell'immaginazione? Lo credete? Io penso invece che sia difficilissimo essere Dio. Ed io credo di non far dispiacere a Marinetti paragonandolo a questo primo autore del primo volume dell'umanità. (*Applausi*).

«Ma ciò non ha nulla a che fare con la ragione quotidiana. Se fossimo proprio sinceri, confesseremmo che la ragione, come la vita quotidiana, ci annoia ancor più nei libri che non fra le nostre quattro mura.

«Io non raccomando la lettura di quest'opera straordinaria ai giovani che tagliano il loro pane quotidiano in tartine; ma prego i poeti, questi uomini tanto felicemente dotati di pazzia, di fermarsi davanti a questa immagine: Sotto la volta altissima, la luce azzurra della notte si ritirava lentamente, come una donna cerimoniosa che esce, indietreggiando, dalla terrazza, facendo inchini e abbassando in cadenza le braccia da cui pendono cenci. A me sembra signori, che questa frase, copiata a casaccio in un libro

nel quale se ne trovano molte dello stesso valore, dovrebbe da sola salvare il futurismo»
(*Bene!*).

Vi leggerò inoltre ciò che di un altro libro del Marinetti ha scritto un critico d'arte,
Ettore Janni, su questo giornale di Milano: Il Corriere della Sera.

Si tratta del libro Le Roi Bombance (Re Baldoria). E voi da questo brano vedrete come
si possono fare delle accuse al temperamento complessivo dello scrittore, ma come tutto
ciò che urta il senso del Pubblico Ministero sia lontano dalla intenzionalità, dalla
intenzionalità determinata e oltraggiosa del pudore pubblico, ma sia piuttosto, ripeto,
connaturato a un sistema, a uno stile particolare:

«Lasciamo stare i nomi e prendiamo l'occasione. Il Marinetti—e ne sono già prove i
suoi due poemi: La Conquête des Etoiles e Destruction—ha bisogno dell'enorme per
ispirarsi, stavo per dire... eccitarsi, in tutti i sensi di questa parola: ha bisogno di
accordar la sua musica frenetica a un rombo catastrofico, ha l'avidità ed il gusto dello
smisurato.

«Era naturale che quella vasta sala popolare tutta appestata di stupidità brutale, gli
facesse balenar l'idea della tragedia satirica ed era naturale che questa divenisse il
turbine senza confine delle eterne cupidigie umane, una specie di Giudizio Universale
grottesco, il Giudizio Universale di tutte le deformi e colossali idropisie corporali e
mentali—una larga visione artistica, piena di difetti, scintillante d'ingegno, simbolica,
decadente, secentistica, mariniana.... marinettiana, che è quanto dire; ricchezza
invidiabile, ma deplorevole abuso d'immagini—una vera imagorrea:—quasi ogni
aggettivo condannato a portarsi appesa una proposizione maggiormente esplicativa, tutti
i pensieri e tutti i paragoni in così alto rilievo che vi manca del tutto la virtù della
gradazione: un bel talento che ha l'aria di essere un po' infermo di satiriasi...

«Ma passerà, poichè tutti questi difetti si riducono a uno solo: alla sovrabbondanza o,
per dir meglio, ad una insolente incuria giovanile della misura: e questo è un difetto che
fa mettere i colpevoli alla destra dei giudici: alla sinistra vanno gli stitici, che si grattano
il capo un anno prima di trovare un'idea o una metafora, e l'anno seguente vi raccolgono
intorno due volumi» (*Bene! Applausi*).

Dunque è lo stesso Marinetti che dà tanto sui nervi giuridici del Pubblico Ministero, è lo
stesso Marinetti con la stessa sovrabbondanza, con lo stesso grottesco, con la stessa arte
piena di immagini, di sovrapposizioni e di esagerazione, è lo stesso temperamento.

Il Janni propone una cura, e la cura la affida alla critica letteraria, al gusto del pubblico,
al procedere degli anni, a quella selezione naturale di tutte le esagerazioni che nel

procedere dell'opera d'arte si possono compiere: è magari severo contro di lui, ma domanda che all'arte o all'intenzione dell'arte si contrapponga qualche cosa che rispecchi l'arte diversa, non contrappone, onorevole rappresentante dell'accusa del 1910, ad una forma d'arte la forma di galera che ella propone. Il proporre la cura dei mesi di reclusione che non si dànno nè allo stupratore, nè a coloro che fanno atti di libidine, nè a coloro che commettono adulterî quando paghino la parte lesa, infliggerli ad un galantuomo che ha dato tutta la sua attività, tutta la sua giovinezza, tutto il suo patrimonio a questo ideale d'arte, onorevole rappresentante dell'Accusa, è soverchio. Lei è giovane, ed io spero avrà un brillante e nobile avvenire. Ma io le auguro che questa sua requisitoria ella possa cancellarla dal suo stato di servizio professionale, come auguro, e sono certo che il mio augurio sarà coronato dal successo, che magistrati come voi siete scriveranno una sentenza come quell'altra lodata dal Pubblico Ministero e che voi ora non dimenticherete e che fu resa a Parma riguardo a un'altra causa; una sentenza la quale, si occupi o non si occupi del valore letterario dell'opera, ma non sia una sentenza infamatrice di un'arte discutibile ma non degna, però, di essere messa alla gogna come vorrebbe il Pubblico Ministero.

(Questa formidabile perorazione è salutata da interminabili applausi. È una vera, entusiastica ovazione all'illustre uomo politico, che viene calorosamente felicitato da tutti i letterati e da tutti i giornalisti presenti).

La replica dell'avv. Cesare Sarfatti

La causa pare ormai vinta. I giuristi presenti, colpiti d'ammirazione per la novità e la profondità della tesi giuridica sostenuta dall'onor. Barzilai, non esitano a dichiarare che la requisitoria del P. M. è assolutamente schiacciata. Il P. M. fa una breve ed inefficace replica, dopo la quale prende la parola l'illustre avvocato socialista Cesare Sarfatti, che subito assale il Tribunale con la sua bella eloquenza ironica, insolente e aggressiva.

Mi si consenta non solo di rispondere al Pubblico Ministero, ma di soggiungere poche cose alle moltissime che hanno detto i miei onorevoli colleghi, dei quali io sento ancora la voce mentre parlo.

Io devo parlare mentre ascolto ancora. E devo parlare non perchè io sia qui nel Collegio di difesa, ma perchè non sia lecito alla dignità e alla moralità di questa causa che l'ultima parola non sia quella della difesa di Marinetti. E mi studierò, per risparmiare a me la fatica, a voi la noia, di essere il più breve e più sintetico possibile.

Argomenti d'arte e argomenti di diritto. Ci si consenta una pregiudiziale. Se voi ritenete Mafarka il futurista un'opera d'arte, voi non avete nè competenza, nè giurisdizione a giudicarla, perchè, onorevole rappresentante del Pubblico Ministero, il Tribunale è competente a giudicare la pornografia, non le opere d'arte. Intendiamoci: ho detto il Tribunale, perchè poi ogni giudice a casa sua e negli amichevoli conversari può essere più competente di ogni altro. Ma il Tribunale giudice di letteratura è un non senso: qualche cosa che è fuori dell'arte e fuori del diritto. Perchè badate alle conseguenze dei Tribunali giudici d'opere d'arte, e dei pubblici ministeri persecutori, e delle circolari del profeta che dirige le sorti della politica italiana; ecco le conseguenze: che il profeta, il quale ha studiato molto, scrive nella famosa circolare: di perseguitare l'immoralità, ecc., ecc., eccezion fatta per l'Arte classica. Ora qual'è l'arte classica?

Onorevole rappresentante del Pubblico Ministero, voi che avete parlato di arte europea, la conoscerete, voi, l'arte che si studia sui banchi delle scuole e soprattutto si vede per le chiese d'Italia, l'arte classica, e soprattutto nei musei d'Italia, dove, la domenica e le altre feste comandate, il governo eccita alla corruzione i grandi e i piccoli, le bambine e i bambini, gli scolari e i maestri. L'arte classica, mio caro signore, è l'arte che ha la sanzione del tempo. Se non m'inganno, Mafarka il futurista (io non ho nessuna riserva a fare, nemmeno quelle del mio amico On. Barzilai), Mafarka il futurista diventerà un'opera classica. Quando? Quando il Marinetti non sarà più futurista: questa è una cosa che appartiene al futuro. Ma l'arte classica signor rappresentante del Pubblico Ministero, è il vivaio di tutte le porcherie, di tutte le offese al pudore, di tutte le esaltazioni della carne sullo spirito che abbiano dato al mondo i più grandi artisti. (*Applausi fragorosi*).

Io non vi dirò più niente sul «non è necessario» o «non era necessario». Quella parte lì, Innocenzo Cappa ve l'ha messa davanti come un tale rimorso, che voi ne domanderete scusa al vostro professore d'italiano e di letteratura latina: ma l'arte classica è la Mandragola del Macchiavelli, è la Calandra del Bibbiena, che si recitavano alla Corte di Leone X tra uno stuolo di cardinali e di prelati; l'arte classica è il Nettuno di Giambologna, al quale in verità non era necessario che lo scultore fornisse di un membro, diciamo, così equino; l'arte classica è la statua del David, che i tardi nepoti hanno ricollocato, in una brutta copia, alla porta d'ingresso del Palazzo Vecchio.

PUBBLICO MINISTERO (*interrompendo*).—C'è discussione!

AVV. SARFATTI.—C'è discussione, ma è al suo posto, e non le consiglio di andare sotto a quella statua perchè non le venga in mente d'incriminare il prevenuto Michelangelo Buonarroti (*Ilarità*).

L'arte classica sono le scene di accoppiamento nella chiesa di S. Marco, di cui un poeta passatista, e ahimè passato, ha scritto: El mio San Marco xe 'na maravegia de luse, de colori e de armonia, xe de splendori una superba regia; ma l'esaltazione del poeta dev'essersi fermata davanti a certe gustose scenette che S. Marco, proprio nell'atrio, offre agli spettatori. È vero che sono cattolici e religiosi.

L'arte classica è nei capitelli del Palazzo Ducale a Venezia; l'arte classica è nel Palazzo di Mantova, dove le consiglio di andare; e quelle sono cose non offerte in vendita, ma esposte al pubblico. L'arte classica vada a vederla nel Museo di Napoli (lei è stato, è vero? a Napoli, dove ha anche studiato e ha anche imparato la storiella sporca del professore?)

PUBBLICO MINISTERO (*Fa cenni di diniego*).

AVV. SARFATTI (*continuando*).—E se non c'è stato, ci vada, e impari tra le magnificenze e gli splendori formali di esseri umani, equivoci e ambigui, impari là tra accoppiamenti di uomini e ahimè! di donne, che cosa è mai l'arte classica. (Applausi).

E qual competenza avete voi, signor rappresentante del Ministero Pubblico in fatto d'arte classica o non classica? Voi dite moralità media, moralità corrente, vi mettete nel cervello dell'artista, ripetete: moralità corrente, moralità media, gli gridate: dovete rispettarla. Moralità, moralità con quel che segue; e allora siate logici: tutto ciò che è stato il nostro nutrimento spirituale e intellettuale, tutta l'arte classica che noi abbiamo ammirato, datela in pasto ad esecutori di giustizia, perchè se quell'arte classica non deve poter impunemente offendere il pudore, la pudicizia, ecc., ecc., ebbene, caro signore, siate logico, imitate Fra Gerolamo Savonarola, date al rogo quante opere dell'arte classica, incriminabili, vi capitino fra mani, e non paventate, se potete riparare dietro il pappafico del profeta. (*Bene!*)

L'arte classica, caro signore, dovreste farla distruggere per le vie, per le piazze, per i musei d'Italia e, badate bene, molto più di quello che non abbia osato di fare Fra Gerolamo Savonarola, il quale—sia detto fra parentesi—meriterebbe tutto il nostro odio, se non fosse stato un martire, perchè fra altre cose senza di lui immortali, pare abbia bruciata o fatta bruciare un'opera del divino Leonardo.

Dunque, arte classica, no intanto: moralità corrente, nemmeno: queste sono scuse, sono pietosi artifici, con cui un giovane d'ingegno cerca di sostenere un'accusa che gli sfugge.

Marinetti però è in buona compagnia: Madame Bovary è stata processata. Il nome dei magistrati che l'hanno incriminata si raccomanda alla storia soltanto per l'assurda accusa. Credo che Flaubert si raccomandi per qualche altra cosa. Certo è che la sorgente, la polla sorgiva (mi corregga il Marinetti, se non dico esattamente, perchè, per quanto egli sia uno scrittore pornografico, in letteratura mi fido più di lui che di me), la polla sorgiva della letteratura naturalistica europea, Madame Bovary, ha dovuto subire gli oltraggi di un vostro collega francese. Eppure Madame Bovary appartiene all'arte classica.

E vi faccio grazia dei Fleurs du mal, di quello spirito irrequieto e profondo che fu uno dei più grandi poeti di Francia, ho nominato Baudelaire; ma non posso tacere di un'imputazione che ha colpito lo Swinburne, il quale quando pubblicò il suo Poemi e ballate, si trovò di fronte un vostro collega inglese che incriminò sopratutto l'Ode ad Anactolia, per chi nol sapesse l'amica e amante di Saffo, il più turpe amore che si possa immaginare, perchè non è diretto, secondo la Bibbia, alla fecondazione. *(Mormorii).*

Arte classica ancora! Orbene, lo Swinburne è stato anche condannato; ma ciò non gli ha impedito di essere salutato dalla pudica Albione come uno dei suoi più grandi poeti.

«Alla pubblicazione dei Poemi e ballate, osserva il Chiarini, scoppiò in Inghilterra a sudden thunder from the serene heavens of public virtue. Gli anonimi custodi della pubblica morale scattaron su, come tanti diavoletti dalle scatole alle quali si cavi il coperchio, scattaron su dalle Riviste, dai Magazines, gridando all'empio, all'immorale, al pagano». E i tribunali ordinarono che il libro fosse ritirato dalla circolazione.

L'autore finì dichiarando che il verdetto dei suoi giudici era per lui materia di assoluta indifferenza, che poco gl'importava apparisse agli occhi dei suoi critici morale o immorale, cristiano o pagano; fu, dice egli stesso, costretto da alcune circostanze che accompagnarono la prima e la seconda edizione del suo libro, a rispondere; e rispose, cioè, gittando agli altri sarcasmo e disprezzo, rispose ad uno dei suoi critici, la cui opera riconobbe essere d'un nemico sì, ma d'un gentiluomo.

Nei Poemi e ballate Swinburne è artista, niente altro che artista e, come tale, non sa intendere che cosa abbiano a che fare con l'arte le idee di morale sanzionate dalla società umana; si meraviglia dello scandalo prodotto dalle sue poesie, a quel modo che il Canova, certamente non immorale nè irreligioso, avrebbe, credo, fatto le meraviglie se lo avessero accusato di oltraggio alla decenza, perchè aveva scolpita la sua Venere senza neppure un cencio di camicia che le coprisse il petto e le coscie. *(Bene!)*

Aggiunge il Chiarini che è impossibile determinare esattamente il punto nel quale un'opera d'arte può incominciare a divenire un'offesa alla morale, ciò dipendendo sopratutto dalla diversa impressione che può fare nelle persone che la considerano, secondo ch'è più o meno gentile e colto l'animo loro. E qui cita l'esempio della Venere del Canova, davanti alla quale l'artista si esalta perchè non vi vede la carne (come la vedete voi nei romanzi contro i quali fulminate le vostre accuse), e, invece, il facchino vede una bella donna che vorrebbe fosse ridotta in carne per goder di quelle cose che le porte aperte non ci consentono di nominare, perchè nessuno sa, proprio nessuno, di che roba si tratti.

Ah, se lo Swinburne diceva: «a me ripugna immaginare certe cose che essi hanno saputo scoprire nei miei versi», io temo che Marinetti possa fare eguale discorso. E potrebbe anche lui aggiungere: «evidentemente, io non sono virtuoso abbastanza sì che io possa intenderli, e ringrazio il cielo di non esserlo. La mia corruzione arrossirebbe del loro pudore».

Dunque, riassumendo, l'arte classica non vi giova, non giovano alla vostra tesi gli esempî dei più illustri scrittori della letteratura europea.

Vediamo se vi giovi l'opera precedente del Marinetti. È vero che il mio amico Cappa vi diceva stamane: condannate pure lui, e salvate Mafarka; ma questo è impossibile, caro amico, questo è un volo poetico, perchè la condanna investirebbe l'autore e il romanzo insieme. Quando voi, vedete, mi prendete fra le vostre forbici accusatone il Sig. Marinetti e volete arrostirlo con quattro mesi di reclusione e 1000 lire di multa, dovete giudicarlo un po' anche lui; Mafarka, va bene; ma anche F. T. Marinetti, scrittore.

Ora l'opera letteraria di lui, in sintesi, è questa (non so quale sia la sua vita e non posso giurare che corrisponda all'opera): egli è un odiatore delle donne—peccato, perchè è un bel giovane—un misogino. Se scrive la Conquête des Etoiles, imbevuto, in quel momento, di pessimismo leopardiano, immagina l'assalto delle onde contro le stelle, l'ira delle onde per non poter raggiungere il cielo, quasi a simboleggiare la suprema aspirazione degli uomini verso l'irraggiungibile infinito. E le donne non compariscono. Se scrive Destruction, forse potrà essere incriminato come anarchico, non certo come offensore del pubblico buon costume. Se scrive il Roi Bombance, egli fa la satira spietata dei bassi e volgari appetiti del potere; ma di donna nemmeno l'ombra. E quando trasporta Roi Bombance sulla scena, non si sentono che delle voci di donne in lontananza, fuggenti, indignate da quello spettacolo di bassezza sensuale, (nel senso puro della parola, signor rappresentante del P. M.), dato dai ghiottoni che sono al proscenio. Se scrive Mafarka il futurista, vi premette il suo credo letterario e morale di superuomo e di misogino, in una prefazione diretta ai suoi compagni di idee e di fede. E quando descrive gli spettacoli di lussuria che fanno sorridere voi, signor accusatore, li descrive con lo sdegno di un uomo amareggiato e dolente che le virtù della stirpe e del popolo si frangano, si perdano, rovinino, si macerino nel letamaio della corruzione sessuale. Ora, col leggere alcuni brani del romanzo, i difensori non hanno inteso di opporre cose belle a cose brutte, come se queste potessero essere discriminate da quelle, ma argomenti a prova del contenuto etico dell'intenzione dell'agente, in opposizione al dolo che, comunque considerato, l'accusa sostiene contro di lui. E qui, signor rappresentante del P. M., voglio anche darvi ragione, per quanto abbiate torto: non dolo specifico, dolo generico, ma dolo. Il quale è costituito, in ogni modo, dei due essenziali elementi di coscienza e di volontà; coscienza che le cose che si dicono possano offendere la pubblica morale, volontà diretta ad offenderla. *(Bene!)*

PUBBLICO MINISTERO. *(Fa cenni di diniego).*

AVV. SARFATTI.—Sì, è proprio così. Questo è il dolo, cioè questa è l'intenzione. Perchè quando voi parlate di fine e leggete le sentenze di Cassazione che parlano di fine, alle quali sentenze aderiamo, voi cadete nell'equivoco, del resto comune, di confondere l'intenzione col fine, mentre il fine è uno degli elementi dell'intenzione ma non è l'intenzione. Il fine è la méta verso cui si dirige l'intenzione.

Ora quando avete dimostrato che il fine non è necessario, non avete ancora dimostrato che il fine costituisca l'intenzione, e questa, ripeto, non è la méta verso cui ci si dirige, ma la molla che spinge verso la méta. L'intenzione è costituita sempre di coscienza e di volontà, nella più esatta, sicura, concorde interpretazione dell'Art. 45 del Cod. Penale. E guardate bene che l'intenzione soltanto salva e discrimina le opere d'arte dalla pornografia. Se i giudici non dovessero fare l'esame della intenzione, sarebbero trasformati in letterati carnefici, i quali dovrebbero oggi condannare un grande autore, domani un piccolo autore, oggi una bella opera di pittura e di scultura, domani un poema d'immagini follemente alate, un romanzo di rappresentazione spietatamente verista, un dramma d'intensità profondamente umana. Ciò che salva i giudizii di questo genere anche dai fulmini degli uomini nuovi, persino dei futuristi, è appunto la ricerca dell'intenzione. Con questa non condannerete l'Autobiografia di Benvenuto Cellini, i mosaici di S. Marco, il Nettuno del Giambologna, le commedie del Macchiavelli e del Bibbiena, la carne trionfante nelle pagane novelle di messer Giovanni Boccaccio. E non condannerete Mafarka il futurista, come (ne parleremo subito, del vostro esempio classico) come non avreste dovuto condannare e non avete condannato Quelle Signore. Insomma, il solo elemento discriminatore tra l'arte e la pornografia è l'intenzione; e quando Cappa, in quella sua meravigliosa e vagabonda improvvisazione, vi legge delle belle frasi marinettiane e mafarkiane, e quando Barzilai entra con più profondo specillo nelle viscere degli aneddoti da voi incriminati, l'uno e l'altro, ve l'ho già detto, intendono soltanto a distruggere quello che voi sostenete essere il dolo. L'intenzione del Marinetti non credo sia stata morale; ma è stata soltanto di natura, a dir così, artistica e intellettuale. Quando egli vuol rappresentarvi il suo eroe, ha bisogno di rappresentarvelo svincolato dalle oppressioni della carne. *(Applausi).*

Nato, il nostro autore, fra due popoli, l'italiano e il francese, tra due razze, la bianca e la negra, nutrito, dice una sua biografia, di latte sudanese—io credo già che il latte abbia lo stesso colore sotto tutte le latitudini—egli ha voluto in Mafarka, di progenie regale araba, rappresentarvi il tipo dell'eroe, che, per essere, come tutti gli arabi forti, veemente e temerario, non dimentica di essere astuto, previdente e provvidente. La duplice, quasi contradditoria anima dell'arabo è tutta nell'anima eroica di Mafarka il futurista, e, se avete letto il libro (io credo che intero non lo abbiate letto, perchè, se l'aveste letto, non vi sareste limitato a leggere i passi secondo voi offensivi al pudore).

PUBBLICO MINISTERO.—L'ho letto.

AVV. SARFATTI.—Me ne congratulo con voi: fa parte della letteratura europea. Dunque, se avete letto il libro, avrete visto che Mafarka il futurista, fino ad un certo punto, è un eroe umano, cioè a dire con la più raffinata delle astuzie, col più temerario e ardito dei coraggi, egli vince gli avversarî, s'incorona della corona di re, diventa padrone assoluto di un regno contrastato e ambito.

Ma, alla difesa di Tell-el-Kibir, suo fratello Magamal è ferito a morte da un cane rabbioso: l'avete letto voi «Mafarka il futurista», e avete provato l'impressione che il capitolo dei «Cani del sole» sia veramente un grande capitolo di poesia epica? Avete voi mai pensato che chi scrisse quel capitolo non può essere un uomo da mandare in galera? Se non lo avete pensato, peggio per voi! *(Applausi fragorosi).*

Scusi il Tribunale se sono un po' vivace: dico peggio per lui, perchè è giovane, e si lascia sopraffare da sofismi contro il bello.

Dunque, arrivato ad un certo punto, poichè il solo legame che lo teneva unito a questa terra gli manca e gli manca il modo così tragico, Mafarka diventa un dio; non è più un eroe umano posto in rilievo dalla fantasia dell'autore, diventa un eroe soprannaturale, vorrei dire religioso, se fosse lecito dire tutte queste parole in quest'ora e senza una spiegazione.

E come nella prima metà del libro, (ch'è tutta intessuta di elementi che attengono al paese che viene descritto, alla razza che vi si agita, agli eserciti che vi cozzano), questo eroe umano campeggia sul grande sfondo del quadro, come un eroe antico, classico, come un eroe di Virgilio e di Omero, nella seconda metà del libro diventa un'astrazione filosofica. Mafarka il futurista vuol liberarsi dei vincoli carnali, e concepisce l'idea, mi pare piuttosto grandiosa, di fabbricare un uomo in concorrenza con le donne, di fabbricarlo senza le donne, di dare a questa creatura che dovrà essere la padrona, la soggiogatrice dello spazio e del tempo, che non dovrà più camminare su questa misera terra e trovare in Piazza Beccaria dei rappresentanti del P. M., di dare a questa creatura, che munirà di ali, tutte le qualità necessarie per librarsi alta su queste regioni materiali di tempo e di spazio per essere la vincitrice del tempo e dello spazio. Ora se questo è, ed è veramente, se il Marinetti ha voluto il suo eroe così, se lo ha voluto liberato da questi vincoli, è vero, signor rappresentante del P. M.?, così umani, e qualche volta, ahimè, così dolci, se egli l'ha voluto così,—come poteva contemporaneamente volere l'offesa al pudore? Come poteva volere nello stesso tempo il bianco e il nero, il possibile e l'impossibile? Come poteva volere che Mafarka il futurista, il quale mette sotto i piedi tutto quello che è concupiscenza carnale, si dilettasse, invece, di rappresentazioni sporche ed ignobili, di stupri di negre e di cose di questo genere?

Il libro è stato criticato soltanto in Francia, perchè la vostra sapiente opera è intervenuta subito a impedire che fosse criticato in Italia, e il fine del libro e le intenzioni dell'autore sono così sintetizzati in questa Chronique de la France du Nord, in un articolo a firma di Arturo Maquaire, nome che non appartiene alla letteratura europea, ma che appartiene alla letteratura francese:

«Mafarka è la volontà umana svincolatasi da tutti quei vincoli terrestri che cercavano di trattenere il suo volo verso il cielo, sicuro di non conoscere più il sonno, la vecchiezza e la morte. Voi pensate bene che questa pretesa di liberare l'umanità dalla doppia servitù della paura e della donna, due pericoli davanti ai quali si rannicchiano tutti gli uomini, rischia di far lanciare dei gridi acuti ai passatisti, che tremano e si agitano al solo pensiero di abbandonare per un solo momento, per un secondo, il festino della voluttà, il festino del piacere». *(Applausi fragorosi)*.

Questa è, come è stata capita, come è stata sintetizzata da questo autore e da molti altri, che io passerò a voi, come documentazione della causa, questa è la sintesi filosofica del pensiero di F. T. Marinetti. Il quale è chiamato a rispondere di oltraggio al pudore, per tre capitoli, per tre aneddoti, sostanzialmente. È vero, signor rappresentante del P. M., che voi ne avete letti degli altri; ma questo, se fa parte della vostra cultura futuristica, non fa parte dell'accusa. E i tre aneddoti sono questi: Lo stupro delle negre; Il racconto sotto la tenda; Il ventre della balena; e, se volete, vi do anche il quarto: L'offerta delle vergini al vincitore Mafarka.

Ebbene, io non leggo perchè è tardi; ma quando Mafarka si trova dinanzi allo spettacolo dello stupro delle negre (quattromila negre stuprate nei fossati di Tell-el-Kibir) quando si trova davanti a questa specie di postribolo sotto le stelle, Mafarka vi unisce il suo compiacimento? No: insorge contro i generali sporchi e vigliacchi che volevano demoralizzare l'esercito, ai soldati concedendo: vulve, vulve e vulve (ho detto vulve tre volte e ve ne chiedo scusa). E quando vengono offerte a lui le più belle fanciulle di Tell-el-Kibir, seminude, che si presentano al vincitore con tutte le grazie ed i doni di che le rese belle madre natura, e che, diciamo la verità, avrebbero fatto gola anche a voi, Mafarka il futurista le respinge, non le vuole, le ingiuria. Riconosce che, fin da quel momento, è consacrato al regno e alla vittoria, e non vuole contatti con le donne, che gli farebbero dimenticare il fine ultimo, grande, nobile della sua missione.

E quando, a premio della vittoria, nel Ventre della balena, i sotterranei di Tell-el-Kibir, così chiamati dalla fantasia zoologica del Marinetti, quando nella oscurità due bellissime donne vanno agli uomini per saggiare dove le guiderà l'istinto del sesso, e una è guidata verso di lui, non solo la respinge, ma—Mafarka era un po' esagerato e leggermente selvaggio e brutale—ordina ai suoi schiavi di gettarla nell'acquario, pasto ai pescicani e ai topi del Nilo.

E quando, signor rappresentante del Pubblico Ministero, sotto la tenda, Mafarka narra di quel particolare che voi avete chiamato equino e che doveva trasformarsi in virile, egli lo fa perchè ha bisogno di quell'aneddoto per acuire il desiderio carnale dei negri, i quali, abbrutiti dall'alcool e dalla concupiscenza, e slanciati contro di lui, finiranno poi per uccidersi fra di loro, nello stesso esercito, in un tragico reciproco scambio di colpi di lancia.

E quando voi, signor accusatore, andate anche fuori del campo dell'imputazione, e vi trovate di fronte al vecchio costruttore, il quale, a un certo punto, si libera da una femmina che gli è vicina, e che tiene la sua barba sotto il culo (È necessario questo? Vedremo dopo se è necessario; in ogni modo, era necessario usare una parola dispregiativa in questo momento), che cosa leggete? Ecco: «Si libera da questa donna, gli gronda di sangue il mento, ma specchiandosi in un'acqua madreperlacea sotto la luna, egli gridò dallo stupore al vedersi ringiovanito di trent'anni; il suo corpo era rinvigorito, uno sguardo solo gli bastò per terminare il vascello» *(Bravo! Applausi)*.

Sintesi suprema del romanzo, ch'è tutto un inno alla più grande liberazione dello spirito umano, ch'è tutto una requisitoria contro le basse voglie carnali che tengono l'uomo inchiodato alla terra, ch'è forse una delle più alte parole di speranza e di fede che siano state scritte, suprema parola di giovinezza, di fede, di audacia, illuminatrici della vita! *(Applausi)*

E allora dove va a finire il dolo?

Ma il Tribunale di Parma—avete cambiato un po' d'opinione alla Procura del Re di Milano?—ha ben giudicato, ha fatto benissimo ad assolvere? Perchè? Forse perchè in quel libro non si dicono delle cose crude? L'ho difeso io assieme con altri colleghi, l'ho difeso con la coscienza di difendere una causa giusta, sono stato felice dell'assoluzione di Notari; ma badate bene che quel libro contiene delle grossissime porcherie; e con la vostra teoria del dolo costituito esclusivamente della coscienza di dire porcherie avrebbe dovuto essere condannato. Avete letto «Quelle Signore?» Non lo avete letto? E, se non l'avete letto, perchè ne dite bene? perchè dite che il Tribunale di Parma doveva assolvere? Se l'avete letto, come potete sostenere il dolo contro il Marinetti, quando, proprio per la ragione dell'intenzione considerata all'infuori della coscienza di dir cose offensive della morale e del pudore, il Tribunale di Parma ha assolto il Notari? Aut aut; o parlate di quello che non sapete, e lodate «Quelle Signore», nella speranza che qui non si possa commentare la sentenza che lo ha assolto; o sapete esattamente quello che dite, e all'assoluzione di Notari, per gli stessi argomenti che voi approvate, dovrebbe conseguire l'assoluzione di Marinetti, su richiesta vostra. Infatti, perchè Notari è stato assolto? Perchè, rappresentando un postribolo, non poteva mica inscenare delle donne oneste, doveva per forza muoversi fra quelle che si dicono donne di piacere, forse perchè loro non ne provano affatto e ne danno poco anche agli altri. Ma, signor rappresentante il P. M. (non potete contraddirmi, perchè il Tribunale non lo permetterebbe, ma ne parleremo poi, da buoni amici), se assolvete nella vostra coscienza il Notari, già assolto, perchè ha rappresentato un postribolo, che voi, naturalmente, non conoscete, e allora per quale ragione non domandate l'assoluzione del Marinetti il quale ha rappresentato una terra che voi non conoscete, persone che non conoscete, climi che non conoscete, latitudini e longitudini che avete solo letto sulla carta, paesi, questo lo san tutti, dove s'agita una vita fatta di brutalità, di voluttà, di sporcizia, tutte cose che eccitano la povera carne umana, come direbbe un predicatore in quaresima. O pretendete che descriva l'Africa come volete voi? Ma egli descrive quello che vide; perchè la realtà dell'artista non è la mia, non è la vostra, è quella che vede lui; questa è la sua realtà. E voi gli dite: tu devi veder l'Africa così e così. *(Ilarità. Bene!)*

Devo correre, correre affrettatamente, e saltar di palo in frasca.

Eccoci all'offerta in vendita.

Ah! voi dite: «quest'è un sofisma, che può essere sostenuto da Aristo Mortara; non da me». Si può avere una opinione contraria, anzi si deve manifestarla, se la si ha.

Ma badate bene che l'argomento svolto con tanta sottile profondità dall'amico Barzilai non si supera così facilmente. Libro offerto in vendita: perchè la legge non dice venduto?

Perchè se il libro non è specificamente, espressamente offerto, il comperarlo e il leggerlo rientra nelle offese al privato pudore, non è più offesa alla collettività; quando, s'intende, questo libro, esposto, nulla abbia di oltraggioso per il pudore. Le fanciulle, le bambine, i bambini, tutta l'innocente coorte infantile, tutta la legione, diremo così, bianca, può passar davanti a qualunque vetrina e veder la copertina di Mafarka il futurista, senza restar offesa nel proprio irritabile pudore. Perchè una tale lesione avvenga, bisogna comperare un libro osceno, e leggerselo, a domicilio. È chiaro?

A meno che... a meno che il libraio non ecciti gli avventori con l'allettamento della materia grassa celata dalla copertina indifferente e neutrale.

Ecco l'argomento del Barzilai, tratto dall'interpretazione che della legge ha dato Aristo Mortara. Mi par degno, in verità, di essere preso in considerazione, per lo meno, di esser esaminato seriamente dal giudice. I libri, quando sono scritti per i bambini, portano una leggenda, una vignetta, una riga, un qualche cosa che ne indica la destinazione.

Quando Luigi Capuana—e a lui vada la nostra parola di riverente ossequio—questo veterano delle buone lettere, che all'Italia ha dato Il Marchese di Roccaverdina, e Malia, e Giacinta, ed altri romanzi ed altri drammi, che non sono precisamente per i bambini— quando Luigi Capuana ha voluto raccogliere nell'età matura i ricordi della sua fanciullezza, e ha scritto il «C'era una volta...», ha proprio fatto stampare sulla copertina che questo libro era per i bambini. Ma gli altri libri non sono nè per i vecchi, nè per i giovani, nè per gli uomini, nè per le donne: sono per tutti.

«Io prevengo—diceva Swinburne—io prevengo le madri di famiglia che quello che ho scritto non è per le loro piccole bambine. I miei versi sono di un uomo giovane. Pubblicare un libro non vuol dire cacciarlo per forza nelle mani di ogni madre, di ogni balia del Regno Unito, come il cibo più conveniente e necessario alle bambine. A vedere se un libro fa o no per lui ci pensi anche chi deve comperarlo. Caveat emptor.

Si può dire che l'argomento dell'offerta in vendita sia stato dimostrato un sofisma?

Ed a proposito di ciò mi sia consentita un'altra osservazione.

È vero, signor rappresentante del P. M.: basta la potenzialità del danno, basta che un libro offerto in vendita in un modo di cui dovremo discutere, possa offendere il publico pudore; ma non dovete confondere la potenzialità del danno, elemento insito nell'opera, con l'offerta in vendita, elemento estrinseco, posto in essere, normalmente, da altri all'infuori dell'autore.

E mi sia anche consentita una parentesi. Quelle Signore, il giorno in cui s'è presentato difeso da tre o quattro scavezzacolli che rispondono ai nomi di Berenini, di Fabbri, e dell'umile, dirò così, sottoscritto, era stato venduto in un migliaio circa di copie. È bastata la sentenza d'assoluzione per spingerlo a una vendita inusitata e insperata, in Italia; e, varcato l'Atlantico, è diventato nutrimento intellettuale dei lavoratori italiani, al di là dell'Atlantico è stato letto un po' dappertutto e un po' da tutti; e Notari s'è avviato alla celebrità... e a nuovi processi (ne avrà uno il 27 di questo mese), attraverso a una vendita... americana.

Non posso onestamente sostenere che i giudici di Parma non sieno stati efficaci cooperatori di una tal vendita, amichevoli collaboratori del Notari.

Ma dico anche (senz'alcuna amarezza, perchè Marinetti non ha un gran bisogno di vendere): questo libro potete assolverlo, caso mai, tranquillamente, perchè non sarà mai venduto, quale sia per essere la sua sorte, assoluzione o condanna.

Perchè non offende la moralità media (se la offendesse sarebbe avidamente comperato e letto); soprattutto perchè è oscuro di allusioni e di simboli, e, per capirlo e gustarlo, bisogna penetrarvi dentro, esser quasi un iniziato.

E i futuristi, appunto perchè futuristi, non mi sembrano la maggioranza del paese e non lo diventeranno mai. (Mormorii prolungati: «Speriamo di sì!» «No! No!»)

E il libro non sarà comperato perchè urterà sempre contro la moralità media, dal punto di vista letterario, rappresentata così bene dal banchiere Weill-Schott.

«Ho incominciato a leggerlo, mio caro Marinetti, il tuo Mafarka—ha risposto quel simpatico banchiere—ma, l'ho detto anche a te, non sono stato capace d'andare in fondo».—Questo libro simbolico, di eccitazione, grido di guerra, battaglia, sfida, questo libro che contiene il credo di una nuova scuola letteraria ed etica, questo libro non sarà mai pane per i denti del gran numero. Questo libro, destinato ad allietare gli ozii pensosi, ricercanti le profonde ragioni della vita, le alte aspirazioni verso l'infinito, non sarà mai nutrimento e dilettamento di perditempi oziosi e viziosi, di giovinetti guasti il palato e lo stomaco di un qualche mal pornografico.

Io credo, signori, di avere risposto, come era da me, come consentivano il tempo scarso e la stanchezza dell'ora, agli argomenti principali del Pubblico Ministero. Credo di aver aggiunto qualche piccola cosa sfuggita forse alla ricerca sapiente dei due valorosi colleghi, che hanno costruita una mole defensionale intatta ancora.

Ma devo aggiungere un altro argomento, modesto, pedestre, volgare; non se ne abbia a male il mio amico Marinetti: quando faccio l'avvocato, devo fare del passatismo, tutt'al più del presentismo. È un argomento dei più umili. Volete sentirlo?

F. T. Marinetti: «Mafarka il futurista» romanzo, traduzione dal francese di Decio Cinti; «Mafarka le futuriste, roman africain». Ora voi come avete fatto la vostra requisitoria? In sintesi (non entro negli spiragli, nelle pieghe delle vostre argomentazioni), in sintesi, la vostra requisitoria è questa: a me piace o può piacere Mafarka il futurista. Ammetto anche il fine nobile, ma il fine non giustifica i mezzi. C'è la forma, è vero?, la forma che mi offende. Quando voi dite: membro, noi siamo collettivamente offesi; quando voi dite: culo, il nostro pudore è violato. Dante Alighieri dice culo, e Dante Alighieri si legge nelle scuole. Se non erro, il verso è: «Ed egli avea del cul fatto trombetta». Quando Dante Alighieri dice puttana, dice puttana, e non v'è nessuna offesa. È vero che certe scene le ha trattate con reticenza; ma le ha trattate anche con sincerità, e la sincerità richiede, prima di tutto, la parola propria. Io non appartengo alla scuola cui appartiene il mio amico on. Barzilai, cioè io non dico che a questo mondo non si debbono mai dare dei pugni. I pugni non servono a far penetrare nella testa gli argomenti! ci vogliono anche i pugni. *(Applausi fragorosi).*

Ma l'argomento di diplomatica finezza presentato da quell'artista della parola e della forma che è il nostro amico Barzilai, non attiene alle ragioni della sincerità dell'arte.

L'arte, lo dica Capuana, lo dica chiunque abbia un po' ricercato le ragioni dell'arte nelle grandi opere che ci hanno lasciato i grandi passati, ha bisogno di sincerità, soprattutto nella forma.

Orbene, voi ritenete offesa al pudore per la forma; ma la forma è italiana e voi non avete mai accusato il libro francese. Cappa questa mattina vi parlava di Decio Cinti, quest'uomo fantastico, iperbolico, fuori del tempo e dello spazio, quest'eroe senza sonno, come il figlio di Mafarka, il quale non esiste, perchè c'è una nota della questura che lo dichiara irreperibile, ma che assiste al processo, ed è lì, e risponde al nome di Decio e al cognome di Cinti, e tutti sanno che è un bravissimo giovane, che ha tradotto molto bene questo libro. Quando voi, dunque, dite che colpite il libro per la forma, e vi fermate alla dichiarazione di irreperibilità del signor Cinti, voi avete salvato Decio Cinti, ma non avete salvato la vostra causa contro il Marinetti. Perchè, se pur Decio Cinti non esiste, esiste «Mafarka le futuriste», versato in atti da F. T. Marinetti in persona. E allora va bene che voi perseguitiate «Mafarka il futurista», per citazione diretta, ma un po' di interpreti, di periti franco-italiani, all'udienza, i quali ci dicano se il traduttore ha tradotto bene, questo sì era necessario. Quando vi sentite irritato perchè vi è stampato, per esempio, culo, siete andato a vedere se il libro francese dica culo, o dica, invece, les fesses, le natiche? Quando vi irritate contro la parola membro, avete ben cercato che cosa sia scritto nel libro francese? Avete fermata la vostra attenzione, in esame comparativo, davanti ai due testi?

Perfino il titolo italiano è infedele, perchè nel testo francese è scritto roman africain, e il lettore deve aspettarsi materia africana, costumi africani. In Africa non hanno i pudori che avete voi, sig. rappresentante del P. M., e gli africani, re o non re, tengono molte volte esposta quella cosa che si chiama membro virile, che voi, forse in omaggio al pudore, avete chiamato membro equino. Dunque, qui manca la base dell'imputazione. La sostanza non potete colpirla; la forma non è di Marinetti. Che cosa volete allora? Perchè avete incriminato? In che modo vi presentate all'udienza? Come fate il vostro dovere di Pubblico Ministero? Anche per citazione diretta, non avevate termini per introdurre periti? Non lo avete fatto; peggio per voi. La causa vi sfugge tra mano, vi manca il fondamento dell'accusa. Signori Illustrissimi, ho detto questo perchè mi pareva necessario il dirlo, perchè, se voi risolvete questa preliminare questione, voi non avete nemmeno il bisogno di esaminare il resto. Ed era argomento da dirsi, non si poteva tacerlo, e Cappa e Barzilai lo hanno taciuto, perchè sapevano che dovevo parlare io. E hanno fidato in me, da quei buoni amici che sono, perchè anche questo argomento volgare fosse presentato al vostro giudizio. È giusto, è una punizione che meritavo. Ma, volgare o no, è un argomento contro il quale il P. M. può domandare la parola, anche una volta.

Lei ha ingegno pronto e dica come mai ha creduto di attaccar un libro per la forma, senza curarsi di dimostrare se il testo italiano rispetti fedelmente quello francese.

Ed ora ho proprio finito, signori giudici. Mi risuona ancora negli orecchi una parola di Innocenzo Cappa: se Marinetti fosse stato un frequentatore di salotti mondani, un corteggiatore di donne, un giocatore al tavolo verde, un gaudente, insomma; se non avesse data la sua ardente giovinezza, la sua anima, la sua intelligenza, al lavoro, quasi profugo e consapevole di dover rendersi degno di due patrie, quella che gli ha dato la lingua in cui scrive, quella che gli ha dato il genio che lo muove ed investe la sua opera; se Marinetti fosse stato un piccolo letteratucolo, di quelli che scrivono i sonetti per i ventagli delle signore e per gli ingressi dei parroci, se fosse stato intinto di santità, e fosse andato a messa, se avesse, fra una messa e l'altra, cercato anche la donnetta, se fosse stato uno dei tanti giovani ricchi i quali perdono e disperdono i doni della propria vita in tutto ciò che costituisce l'orgia dei sensi e dell'anima, Marinetti non sarebbe qui. Egli è qui perchè ha lavorato, perchè ha pensato, perchè ha agito. Marinetti è qui, perchè, a un certo momento della sua vita, gli è venuta questa idea: che i letterati non basta che si rinchiudano nella propria stanza, non basta che ricerchino parole peregrine nei dizionari e nei testi, non basta che rincorrano le imagini con le ali della fantasia, ma devono sentire gli impulsi e i fremiti della vita che è intorno a noi e intorno a loro. E in quel giorno egli è diventato il capo del futurismo. Innocenzo Cappa è futurista a metà; Salvatore Barzilai non lo è affatto. Questo non ha nessuna importanza per i signori del Tribunale: io lo sono per intero. *(Applausi fragorosi. Mormorii. Discussioni)*. S'intende che quando leggo il manifesto dei futuristi, ho l'obbligo di interpretarlo. Non vogliono i futuristi distruggere le chiese, i musei, le opere d'arte; vogliono distruggere quel culto del passato che costituisce una tabe nella vita artistica, letteraria, scientifica, politica italiana; vogliono distruggere questa specie di tabe senile per cui in tutti i concorsi è preferito il più anziano, a parità di merito, mentre un paese giovane dovrebbe preferire il più giovane (è giusto, giovanissimo rappresentante del Pubblico Ministero?) Vogliono distruggere una tendenza per cui anche un pezzo di legno, tarlato e brutto, solamente perchè è antico, è degno di venerazione. Vogliono distruggere non i musei, ma tante brutte cose e tanto ciarpame che i musei contengono. Davanti al Leone X di Raffaello o al Giudizio di Michelangelo o a una madonna del Beato Angelico, non prenderanno essi la face per incendiare, la mannaia per abbattere. No: futuristi, passatisti, presentisti, sono tutti riuniti nell'adorazione del bello: ma quando il brutto si vela dell'antico per farsi dichiarare bello, quando il brutto si copre di una targa su cui è scritto: «secoli passati» per imporsi alla supina e stupida ammirazione di quelli che vivono oggi; quando si continua dai poeti, dai pittori, dagli scultori, ad ammannire la vecchia storiella dell'amor sensuale, e si dimentica che freme d'intorno a noi tutta una vita di lavoro umano il quale aspira a raggiungere le più alte vette della vita e della società, oh per Dio! un po' di futurismo che scuota ed abbatta, ed elevi sui frantumi la nuova parola di una nuova umanità, questo futurismo deve avere tutto il consenso della nostra anima, la quale, perchè son passati gli anni, non è per anco nè vecchia, nè infracidita! Del resto, da molti ormai anche in Italia, dopo i comodi dissensi, i poeti futuristi Gian Pietro Lucini, Paolo Buzzi, Cavacchioli, Palazzeschi, Govoni, Armando Mazza, Libero Altomare son presi sul serio. Ed ecco là, ardenti, frementi in quest'attesa, anche i pittori futuristi Russolo e Carrà, con Umberto Boccioni, del quale abbiamo recentemente ammirata la grande esposizione individuale al Palazzo Pesaro di Venezia. *(Applausi fragorosi)*.

E in Francia è considerato come cosa seria perfino da un giornale come il Figaro, che pubblica il Manifesto dei futuristi, redatto da Marinetti, in prima pagina. E quando quella che per ironia e per derisione è stata chiamata dai saputi, dai critici a pagamento, dai giornalisti e dai letterati di princisbecco, la troupe futurista, si è presentata a Napoli, la grande anima nata due volte, risorta alla vita, non appena risorta, parlo di Vincenzo Gemito, scriveva queste parole: «Al caro Marinetti, un saluto e un augurio per la sua nobile missione, di promotore e incoraggiatore del nuovo ideale d'arte in Italia, da un suo amico che ebbe la fortuna di applaudirlo solo fra una turba quando in Napoli lanciò il suo nuovo verbo artistico».—Oh, Marinetti, tu puoi consolarti di molti fischi, di molte male parole, di molti aranci sulla scena, se il vecchio glorioso che ha ripreso il grande scalpello, per cui era diventato, e sarà, auguriamolo con cuore di cittadini italiani, e sarà ancora gloria d'Italia, quando Vincenzo Gemito ha potuto scrivere del futurismo e di te queste parole!

E quando, o signori, tanta nobiltà d'animo, tanto disprezzo di lucro mercantile, è nei futuristi, è in Marinetti, potete domandare la condanna di lui come pornografo? Voi credete che si possa separare così l'opera dall'autore, da ritenere Marinetti un gentiluomo, a cui si può stringere la mano, e Mafarka il futurista un'opera pornografica? Ah, voi credete sul serio che un Tribunale italiano possa scrivere sulla fronte di questo giovane: pornografo, e mandarlo poi in giro nella vita con questa bolletta d'importazione? Voi credete sul serio che un Tribunale italiano possa mandare Marinetti, in nome degli ideali che lo hanno animato, in nome dell'arte che è stata la sua fede e la sua vita, possa mandarlo per il mondo così conciato, che tutti sappiano e tutti vedano che egli è un turpe e vile pornografo, il quale scrive delle cose sporche e brutte per guadagnarvi su un po' di denaro?

Disilludetevi, signor rappresentante del Pubblico Ministero; qui si rende giustizia, non si fanno delle esecuzioni capitali! *(Applausi prolungati).*

Dichiarazione finale di F.T. Marinetti

Le ultime parole travolgenti di Cesare Sarfatti e la sua entusiastica adesione al Futurismo, producono una violenta agitazione in tutto l'uditorio, già interamente conquistato alla causa dì Marinetti.—Nel gruppo dei Futuristi, un vocìo e un gesticolare frenetico per l'ampia sala nereggiante, chiazzata di ombre e di luci.

IL PRESIDENTE (*a Marinetti*). Ha altro da aggiungere?

MARINETTI.—Protesto con tutto il mio sangue contro l'accusa assurda e infame!

Il Tribunale si ritira alle ore 5.55 nella camera delle deliberazioni. Sarebbe difficile descrivere l'agitazione ed i clamori del pubblico nell'attesa della sentenza.—Il Tribunale rientra alle ore 6.20, e il Presidente legge, ascoltatissimo, la sentenza di assoluzione per inesistenza di reato.

_Non appena, dalle prime frasi della lettura, i Futuristi ebbero indovinato che il poeta Marinetti era assolto, scoppiò un uragano di applausi. Fu una vera marea di entusiasmo, nella quale l'autore di Mafarka il Futurista, sollevato tra le braccia dei suoi amici, fu portato in trionfo.

La folla plaudente accompagnò i Futuristi esultanti attraverso le vie centrali di Milano, gridando a squarciagola: Viva Marinetti! Viva il Futurismo!